アリストパネスは誰も愛さない

ジャッキー・アシェンデン 作

中野　恵 訳

ハーレクイン・ロマンス

東京・ロンドン・トロント・パリ・ニューヨーク・アムステルダム
ハンブルク・ストックホルム・ミラノ・シドニー・マドリッド・ワルシャワ
ブダペスト・リオデジャネイロ・ルクセンブルク・フリブール・ムンバイ

THE TWINS THAT BIND

by Jackie Ashenden

Published by Harlequin Japan,
a Division of K.K. HarperCollins Japan, 2025

ジャッキー・アシェンデン

極上のヒーローと個性的なヒロインが登場する、情感豊かな物語を好んで書く。夫と 2 人の子供とニュージーランドのオークランドに在住。仕事の合間にはチョコレート・マティーニを嗜んだり、読書やソーシャルメディアに没頭したり、夫とマウンテンバイクを楽しんだりしているという。

主要登場人物

ネル・アンダーウッド……………保育士。
アリストパネス・カツァロス………金融会社のCEO。ギリシア人。
アンジェリーナ…………………アリストパネスの愛人。アメリカの大学教授。
チェーザレ・ドナーティ…………アリストパネスの親友。銀行頭取。イタリア人。
ラーク……………………………チェーザレの妻。

1

ヨーロッパ最大手の金融会社を経営するアリストパネス・カツァロスは、秒刻みのスケジュールに従って生きていた。彼にとってスケジュールはバイブルであり、羅針盤だった。予定表に記されていないことは、要するに意味のないことだ。彼は確実なものが好きだった。確実さがもたらす支配力が好きだった。

支配することこそが、アリストパネスの人生の本質だった。

彼はメルボルンで開催されていた退屈なイベントを抜け出すと、腕時計に目をやった。三年前に買い入れた高級アパートメントでの密会には間に合いそうだった。少なくともこの予定は退屈しないはずだ。

今夜はスケジュールどおりアンジェリーナに会うことになっていた。長身とブロンドの髪を誇るアンジェリーナはアメリカの名門大学の教授で、学会に出席するためにメルボルンに来ていた。アリストパネスと同じように、彼女もハードなスケジュールに追われていたため、会えるのは今夜だけだ。

しかし、別にそれでも構わない。

彼にとって愛人は慌ただしいスケジュールの一部にすぎなかった。一夜限りの関係。それ以上でもそれ以下でもない。彼は少なくとも週に二度、夜の営みを楽しむことにしていた。

セックスは必要不可欠だった。ストレス解消に役立つ。だが、所詮はそれもスケジュールの一部にすぎない。ベストの体調を維持するには、欲望の発散が欠かせないだけの話だ。

とはいえ、今夜のことを思うと胸が躍る。彼はアンジェリーナに好感を抱いていた。彼女はクールで知的なうえに、ベッドでは奔放だった。

愛人の容姿にこだわりはなかったが、知性は重視していた。もちろん、相性も大切だ。どうせベッドをともにするのなら、できるだけ濃厚な喜びを味わいたかった。

イベント会場の出口の階段を下りると、リムジンが道路脇で待機していた。外は霧雨で、歩道は濡れていた。歩道を早足で進んでいく小さな人影が目に入った。

アリストパネスがポケットから携帯電話を取り出し、アンジェリーナ宛てのメールを打ちはじめたとき、悲鳴と同時に誰かが歩道に倒れる音が聞こえた。携帯の画面から顔を上げると、リムジンのすぐ前に横たわる人影が見えた。

ぴくりとも動かない。

アリストパネスは後先を考えずに行動する男ではなかった。熟慮するタイプだった。しかし、いまは目の前でひとが倒れているのだ。彼は躊躇しなかった。大股で人影に近づき、スーツのズボンが濡れるのも構わずに路面に膝を突く。

歩道に倒れた人物は安物の黒いコートを羽織り、長いマフラーを巻いていた。だが、男性なのか女性なのかすらわからない。彼はマフラーを解いた。

足もとに横たわっていたのは、彼がこれまで出会ったなかで、もっとも美しい女性だった。

霧雨に濡れながら、アリストパネスはその場に茫然とひざまずいていた。

女性の美しさに興味はなかった。彼にとって重要なのは知性と自制心だった。だが、目の前に倒れ伏している意識不明の女性がずば抜けて魅力的であることは否定できなかった。顔立ちは繊細で顎は小さく、眉は美しい曲線を描き、口もとは愛らしい。頬には長い睫毛(まつげ)が影を落としていた。

　二カ月前、アリストパネスはニューヨークの画廊で開かれたパーティに、ビジネスの都合でやむなく出席したことがあった。退屈なパーティだったため、展示されていたラファエル前派の絵画――バーン＝ジョーンズの作品を眺めて時間を潰していた。

　足もとの女性はあのとき見た絵を連想させた。濡れた歩道に横たわる、ラファエル前派風の美女。

　しかし、ぼんやりと見ている場合ではない。意識を失っているのは、歩道に頭をぶつけたからだろう。まずは怪我(けが)がないかどうか確かめなくては。

　リムジンの運転手がかたわらに現れたが、アリストパネスはそちらには注意を向けず、女性の白い首筋に指をあてがった。脈拍ははっきりと感じ取れた。安堵(あんど)の念が広がる。

「救急車を呼んでくれ」彼は運転手に言った。

　今夜の予定は決まっていた。こんなところでぐずぐずしていたら、スケジュールに遅れてしまう。だが、意識を失った女性を濡れた歩道に放置しておくわけにはいかない。

　アリストパネスは顔をしかめた。コートの下の黒いワンピースも安物のようだった。ぴったりと体に張り付くワンピースは悩ましい曲線を描いている。豊かな胸のふくらみ、丸みを帯びたヒップ、細いウエスト……彼の目に狂いがなければ、この女性は下着を身につけていないようだ。

　欲望が体を走り抜け、筋肉という筋肉が張り詰める。

　納得がいかなかった。こんなふうに一瞬で女性に心を奪われたことは、いままで一度もなかったのだ。女性を相手にするとき、彼はまず会話を交わすことを好んだ。彼が魅力を感じるのは知性であって、肉体ではなかった。

　しかし、この女性の肉体は……。

アリストパネスは別のことを考えようとした。彼女は雨に打たれて横たわっている。いま考えるべきなのは、彼女の体を寒さから守ることだ。下着のことなどどうでもいい。

頭をぶつけているだけに、下手に動かすのはかえって危険だ。彼はカシミアのコートを脱ぎ、女性の上にかぶせた。体があまりに小さいため、全身がコートで覆われてしまった。

「救急車はいまこちらに向かっています」運転手は言った。

「わかった」そう言いながらも、アリストパネスは女性のそばを離れなかった。「傘を持ってきてくれ。この女性を雨から守りたいんだ」

運転手が傘を手に戻ると、アリストパネスはそれを受け取り、意識不明の女性の上に差し掛けた。

呼吸がしっかりしているのはいい徴候だ。しかし、顔色が悪すぎる。

彼は再び腕時計を見た。救急車は近づきつつある。サイレンも聞こえてきた。アンジェリーナにメールを送り、遅れることを知らせるべきだろう。だが、彼は携帯電話を取り出そうとしなかった。傘を差したまま、女性のかたわらから動こうとしなかった。

サイレンの音が大きくなる。女性が声をあげたため、アリストパネスは視線を下に向けた。彼女はうめき、睫毛を震わせている。女性の不用意な動きを封じるため、反射的に肩に手を置く。救急車が着くまでは、このまま寝かせておいたほうがいいような気がした。

自分は親切な男でもなければ、心優しい男でもない。しかし、目の前には朦朧状態の女性がいる。いまこの瞬間は親切で心優しい男であろう、と心に決めた。

「動くんじゃない。きみは倒れて、頭を打ったんだ。いま救急車が来る」

睫毛がまたしても震える。やがてまぶたが開き、ブラウンの瞳がこちらを見上げた。そこに浮かんでいたのは混乱の色だった。その瞬間、アリストパネスは胸を強打されたような衝撃を受けた。

救急車のサイレンは、音高くあたりにこだましている。

彼は奇妙な衝撃を意識から振り払うと、救急救命士の邪魔にならないように立ち上がろうとした。だが、ちょうどそのとき、先ほど掛けたコートの下から小さな手が現れ、彼の手を握りしめた。

体が凍りついた。

すでに彼女はまぶたを閉じていた。しかし、その手は彼の手をつかんだままだ。

彼は遠い昔を思い出した。小学校の五年生か六年生のころだ。当時住んでいたアテネの薄汚れたアパートメントの階段の下で、子猫を見つけたのだ。彼はまだ十一、二歳で、新しい里親に気に入ってもらおうと努力していた。だが、すでに五人の里子を抱えていた里親は、彼にあまり関心を示さなかった。アリストパネスは事実上放置されていたのだ。退屈と孤独に苦しんでいた彼は、子猫を独力で育てることに決めた。

子猫は気性が荒かった。それでも彼は、魚肉の切れ端やチーズのかけらや少量のミルクを手に入れ、辛抱強く面倒を見た。やがて、子猫は彼に心を開きはじめた。子猫を初めて抱き上げたときは、大きな達成感をおぼえたのだった。

そしていま、彼はあのときと同じ感覚を味わっていた。名も知らぬ女性が彼の手をしっかりと握りしめているのだ。危険から守ってくれるのは彼だけだ、と言わんばかりに。

アリストパネス・カツァロスは世界最高の投資家として知られ、戦略的な投資によって巨万の富を築き上げていた。彼はつねに貪欲に利益を追い求めた。

数字の世界は彼にとって遊び場だった。人間の優先順位ははるかに低かった。

　彼女の手を振り払うべきだった。さっさと立ち上がり、あとは救急救命士にまかせるべきだ。リムジンに乗ってアンジェリーナのもとに行き、喜びに満ちた一夜を過ごすべきなのだ。

　しかし、彼は動かなかった。

　なぜかすでにわかっていた。自分は彼女の手を振り払ったりせずに、ここに留まるということが。こんなふうに誰かに手を握られたことが、いままで一度でもあっただろうか？

　もしも誰かに、〝いまから五分後のおまえは、雨に打たれながら意識不明の女性のかたわらにひざまずいているだろう。しかも、その女性のそばを離れることができない。手をしっかり握られているからだ〟と予言されたなら、きっと笑ったことだろう。

　そう、笑ったとしてもおかしくはない。だが、笑う気にはなれなかった。

　救急車が到着し、救急救命士がつぎつぎと外に飛び出してきた。それでもアリストパネスは、女性の手を握ったままその場を離れようとしなかった。しかし、最終的には救命士のために場所を空けることになった。

　潮時だ。ここを立ち去り、〝いまそちらに向かっている〟というメールをアンジェリーナに送るべきなのだ。

　だが、それを実行に移すことができなかった。アリストパネスは歩道に立ち尽くし、救命士たちが彼女がどこを痛めたのかを確認し、ペンライトで目を照らし、押し殺した声で励ますようすを見ていた。

　彼女は意識を取り戻していた。誰かを探しているかのように、あたりに視線を走らせている。

　ぼくを探しているのか？　いや、それはありえない。彼女はぼくのことなど何も知らない。アリストパネスが足を前に踏み出すと、彼女と目が合った。「あなただったのね」彼女はささやき、またしても手を差し伸べた。

救命士が彼女をストレッチャーに乗せ、ベルトで固定すると、アリストパネスは差し出された手を握った。彼女が強く握り返してきたため、ストレッチャーが動きだすと、アリストパネスもそれに合わせて歩かざるを得なかった。

「彼女は大丈夫なのか？」彼は救命士に尋ねた。

「脳震盪（のうしんとう）のようなので、病院で検査が必要です。あなたはこちらの女性のご家族ですか？」

「いや」アリストパネスはそう答えたものの、女性に注意を奪われていた。彼女の手は温かかった。

救命士たちはストレッチャーを救急車に運び入れる準備を始めた。

「申し訳ありませんが、ご家族でないのなら同乗はできません」

彼女に付き添って救急車に乗るつもりはなかった。今夜はアンジェリーナと過ごすはずだった。しかし、ストレッチャーに乗せられた女性は、〝あなただけが頼りなの〟と言わんばかりに彼の手を握りしめてくる。どうやら彼女の無事を確認しないかぎり、アンジェリーナと楽しい夜は過ごせないようだ。

名も知らぬこの女性にも家族はいるはずだ。だが、彼女はアリストパネスのリムジンの前で倒れた。このまま放っておくわけにはいかない。しかも、この女性は彼の手を握りしめているのだ。

「ぼくも彼女といっしょに行く」彼はきっぱりと言った。

救命士が首を左右に振る。「申し訳ありませんが、それは規則に反しますので」

アリストパネスは他人にノーと言われることが滅多（めった）になかった。そもそも、ノーと言われることが嫌いだった。「規則などどうでもいい」

「しかし――」

「救急車には乗せてもらう」彼は相手の言葉を遮って言った。「こっちはきみの病院を買い取って、きみの首を切ることだってできるんだぞ」

救命士は驚きにあんぐりと口を開けた。だが、すぐに口を閉じ、肩をすくめた。

救命士たちがストレッチャーを救急車に乗せると、アリストパネスも車に乗り込んだ。救急車がサイレンを鳴らして走りだす。

ストレッチャーの女性はまぶたを閉じたまま、大きく息を吐き出した。

アンジェリーナと顔を合わせるのは、もう少し先になりそうだった。

ネルはすばらしい夢を見ていた。夢の中で彼女は何かから逃げようと走っていたが、倒れてしまった。すると、これまで見たことがないような美しい男性が現れ、彼女の手を握ってくれたのだ。男性はいまも手を握りつづけている。その手を放したくなかった。そばにいてほしかった。彼はたくましかった。不安を静めてくれた。彼がそばにいてくれれば、悪いことは何も起こらないような気がした。

そしていま、二人はダンスを踊っていた。いや、違う……踊ってなどいない。ネルは体を横たえていた。頭はずきずきと痛み、意識は朦朧としている。お酒を飲んだせい？　そんなたくさん飲んだのかしら？

いいえ、酔いつぶれるほど飲んではいないはずよ。もともと、アルコールは強いほうじゃない。それに、明日も仕事がある。欠勤はしたくなかった。わたしは保育士の仕事が好き。子供も好き。だから、飲みすぎたりはしない。どこか具合が悪いのかもしれない。だから、頭がずきずきと痛むのでは？

まぶたを開けることすらつらかった。それでも、何とかやってみる。窓から朝日の差し込む、ブランズウィックの狭いアパートメントが見えるはずだった。

だが、そこはネルのアパートメントではなかった。彼女が身を横たえているのは病院のベッドのようだ。ベッドの周囲はカーテンで仕切られている。誰かが彼女の手を握っていた。

待って。これはどういうことなの？　病院のベッド？　わたしは病院で何をしているの？

ネルは必死で記憶を探った。たしか彼女はクレイトンに会うためにバーに行ったはずだ。クレイトンと付き合いはじめてもう一カ月になる。彼女は入念にドレスアップしてバーに向かった。その夜は、彼と初めてベッドをともにするつもりだったからだ。クレイトンがほんとうに心を許せる相手かどうか、見極めようとしていたのだ。そして、二週間前に心が決まった。このひとを信じよう、と。

ネルが選んだのは、体の線を強調するセクシーな黒のワンピースだった。下着は身につけないことにした。いつもの彼女からは考えられない大胆な振舞いだった。彼女が体を許さないことに、クレイトンは苛立っていた。だからこそ、心の準備ができたことを態度で示そうと思ったのだ。

しかし、クレイトンはバーに姿を現さなかった。最初は遅刻だと思った。だが、いつまでたっても彼は店に来なかった。一時間後、メールが届いた。

〝申し訳ないが、きみとは上手くやっていけそうにない。別にセックスだけが目的じゃないが、きみは堅苦しすぎる〟という内容だった。

メールを受け取ったあと、ネルはバーを出た。外は霧雨だった。心は乱れていた。屈辱は耐えがたかった。彼女は下着も身につけずに、セクシーなワンピースをまとっていたのだ。彼女を望んでもいない男性のために。一時間も待たせたあげく、彼女を放り出した男性のために。

絶対に泣かない。そう心に誓い、霧雨の中を闇雲に歩きだした。そして……何かが起こった。目を覚ますと、彼女はここにいた。

誰かが彼女の上に身を屈めていた。雷雲を連想させるダークグレイの瞳がこちらを凝視している。

ネルは息をのんだ。

あの男性だ。夢に現れた美しい男性。どうやらあれは夢ではなかったようだ。

彫りの深い顔立ちで、頬骨は高く、顎はたくましい。

ネルは男性の顔を凝視した。声を出そうとしたが、出てこなかった。

彼は背が高く、肩幅が広く、胸板が厚かった。仕立てのいい純白のシャツはなぜか濡れていた。黒いズボンは、引き締まったウエストと筋肉質の太腿を引き立たせ……。

わたしはいったい何をしているの？　彼女はこれまで男性をこんな目で見たことがなかった。クレイトンをこんなふうに見たこともなかった。

クレイトンは自分にうってつけの男性だ、とネルは信じていた。銀行に勤務し、自分の家を所有し、容姿も整っている。いっしょにいるだけで楽しいひとで――

でも、彼はあなたを必要としていなかったのよ、と心の中で声が響く。

屈辱が熱い波と化して押し寄せてきた。だが、ネルは気持ちを静めようとした。彼女を容赦なく捨てた男性ではなく、ベッド脇の男性に意識を集中させようとした。

値の張りそうなフォーマルなスーツを着ている。威厳に満ちた雰囲気。救急担当の医師だろうか？　いや、違う。この病院を――それどころか、この街全体を支配している大物のように見える。

そのとき、ネルは彼に手を握られていることに気づいた。彼の指は温かく、力強かった。安心感を与えてくれる手だった。

「大丈夫か？」男性の言葉にはかすかな訛り（なま）があったが、どの国のものなのかはわからなかった。少なくとも、オーストラリアの訛りではない。

「ええと……頭が痛いわ」

「そうだろうな。きみは濡れた歩道で倒れて、頭を打ったんだ。それで、ぼくが救急車を呼んだ。きみはいま病院にいるんだ」

ああ、何てことなの。わたしは自分で思っていた以上に動転していたんだわ。メルボルンの石畳の歩道を歩くときは——特に雨が降っているときは、いつも気をつけていたはずなのに。ひどい怪我でなければいいんだけど。幼稚園はそれでなくとも人手不足なのよ。わたしが欠勤すれば、主任保育士のサラは途方に暮れるはずだわ。

いきなり仕切りのカーテンが開き、医師が現れた。

「ミス・アンダーウッド、具合はどうです？」

「少し頭がぼんやりしているわ」

「無理もありません。頭を強く打ちましたからね。こちらのミスター・カツァロスが、すぐに救急車を呼んでくれたんですよ」

「当然のことをしたまでさ」ミスター・カツァロスは彼女の手を放し、瞳を覗き込（のぞ）（こ）んだ。

ネルの指は疼（うず）いていた。ミスター・カツァロスに触れられたせいだった。彼の灰色の瞳は鋭い光を放っている。彼と目が合ったとたん、病室の酸素が残らず消えたような息苦しさに襲われた。

「いろいろありがとう」彼女は落ち着いた態度を装おうとした。不安なときはいつもそうしていた。幼児、動物、そして高圧的な男性を相手にするときは、そういう態度が有効なのだ。

医師が言った。「このあと簡単な検査をします。

ただ、その前に確認しておきたいのですが、同居人はいますか？　あなたの面倒を見てくれるひとは？」

　ネルは動揺を抑えようとした。「いないわ。わたしは一人暮らしなの」

「友人や家族は？」

　彼女は首を横に振った。付き添いが頼めそうな唯一の友人であるリサは、休暇でバリ島に行っている。両親は彼女が幼いころに亡くなっていた。叔父、叔母、いとこたちは力になってくれないだろう。もう何年も連絡を取っていない。そもそも連絡先すら知らない。彼らもネルには何の興味も持っていないはずだ。

　医師は困惑の表情を見せた。「最低でもあと二十四時間は、誰かがそばにいてもらわないと困ります。心当たりはないんですか？」

　頭の痛みが少し治まっていたので、彼女は体を起こしてみた。ありがたいことに眩暈（めまい）もそれほど気にならなかった。「でも、すぐによくなると思うわ」万一何かあったら、同じアパートメントの住人のミセス・マーティンに力を貸してもらおう。頭に瘤（こぶ）ができたくらいで、他人の手を煩わせたくなかった。「同じアパートメントに住んでいるひとが――」

「ぼくがきみの面倒を見よう」ミスター・カツァロスが唐突に声をあげた。

　ネルは目をぱちくりさせた。

　灰色の瞳がこちらを見ていた。熱い電流のような衝撃が体を駆け抜ける。彼の視線はネルの心を掻（か）き乱（みだ）した。

　彼女はかろうじて作り笑いを浮かべた。「ありがたい申し出だけど、あなたに迷惑はかけたくないわ」

　ミスター・カツァロスは、まばたきひとつせずに彼女を凝視している。「別に迷惑じゃない」

「あなたはとても親切なひとなのね。でも……わたしたちは赤の他人なのよ。わたしはあなたがどこの誰なのかも知らないわ」

「アリストパネス・カツァロス」その質問を待っていたかのように、彼は答えた。「ネットで検索してみたまえ」

自分の携帯電話をチェックしていた医師は、ネルに視線を転じた。「退院は検査のあとになります。ですが、付き添いの人間がいないかぎり、退院は許可できません」

「さっきも言ったけど、同じアパートメントのひとが――」

「ぼくは危険な男じゃない」アリストパネス・カツァロスは、またしても彼女の言葉を遮った。「ぼくが個人的に雇っている医者も呼ぶつもりだ」

そのとき、仕切りのカーテンの向こうでアラーム音が鳴り響き、ひとびとの叫び声が聞こえた。医師は顔をしかめ、何も言わずにカーテンの外に姿を消した。

何か緊急事態が発生したのだろう。

だが、ミスター・カツァロスはその場を離れなかった。彼がいるせいで、カーテンにかこまれたスペースがいっそう狭く感じられた。あたりの空気は張り詰め、彼女の心臓は高鳴っていた。

「さっきも言ったけど、わたしはあなたのことを何も知らないのよ。助けてくれたことは感謝しているわ。でも、どうしてあなたが、いまから二十四時間わたしに付き添わなくちゃならないの？　理解できないわ」

ミスター・カツァロスは、立ったまま彼女を見下ろしていた。視線がネルの体の線に沿って移動する。瞳の色は雷雲を思わせるグレイから銀色に変わっていた。「付き添ってくれる人間がいるのか？」

そのときネルは、雨に濡れたセクシーなワンピースが体にぴったりと張り付いていることに気づいた。しかも、彼女は……下着をつけていないのだ。

頬がかっと熱くなった。恥ずかしさで死にそうになった。彼女はクレイトンのために選んだ悪趣味なワンピースを身にまとい、病院のベッドの上にいる。おまけに、救急車でここに運ばれたのは転んで頭を打ったせいなのだ。彼女を助けてくれたのは、ベッド脇にいる男性だった。ネルが下着をつけていないことに、彼はすでに気づいているはずだ。いったいわたしは、このひとにどう思われているの？

毛布を頭からかぶってしまいたい気分だった。彼のまなざしから逃れたかった。しかし、ベッドに毛布はない。ここはセクシーなワンピースではなく、鎧に身を固めているような顔をするしかなかった。

「だから、近所のひとの力を借りるつもりよ」

「その近所のひととやらは、二十四時間付き添ってくれるのか？　脳震盪を甘く見るんじゃない」

ネルは歯軋りをした。ミスター・カツァロスはなかなか引き下がらない。だが、なぜそんな態度を取るのかは、まったく理解できなかった。問題はそれだけではない。同じアパートメントのミセス・マーティンは八十五歳で腰痛持ちなのだ。しかも、歩行器を使わないと歩けない。向こう二十四時間のあいだ、ネルのようすを確かめるために、何度もネルの部屋を訪問できるとはとても思えなかった。

つまり、彼女はいま難しい立場に立たされているのだ。

ネルはアリストパネス・カツァロスに視線を戻した。彼も銀色の瞳でこちらを見返してきた。彼女は体がこわばるのを感じた。彼の視線を浴びると、なぜか心が乱れ、気持ちが高ぶってしまうのだ。けれど、それはおかしい。どうしてわたしが、彼に見つめられて興奮しなくちゃいけないの？

クレイトンが一度もあんな目であなたを見なかっ

たからよ、と心の中で声がまたしても響いた。

そうね、そうかもしれない。ベッドをともにすることを拒否しても、最初のうちは彼も辛抱強く対応してくれた。〝別に構わない。心の準備ができるまで、ぼくは待つよ〟と。しかし、そのうちに苛立ちを見せはじめた。男性としての〝欲求〟について遠回しに語り、自分勝手だと言って彼女を責めるようになったのだ。

そんなことを思い出しているうちに、腹が立ってきた。ミスター・カツァロスの質問は、適当なことを言ってごまかすつもりでいた。だが、脳震盪の話で嘘をつくのは、さすがにまずいような気がする。

「二十四時間、付き添ってもらうのは無理ね」

「それなら、ぼくがきみに付き添う」それが最良の解決策だ、と言わんばかりの口調だった。

「わたしはあなたのことを何も――」

「ネットで検索するんだ」

「でも――」

「調べてみたまえ」彼は自分の携帯電話をネルに差し出した。

「悪いけど、あなたがそこまで赤の他人に力を貸そうとする理由が、わたしには理解できないわ」

「きみはぼくの車のすぐ前で倒れた。だから、ぼくは責任を負わねばならないのさ。ぼくは自分の責任から逃げるような男じゃない」

何か熱いものがネルの体を走り抜けた。しかし、それが何なのかは、彼女にもわからなかった。とはいえ、彼に責任を負わせたくはなかった。両親を亡くしてから、彼女は他人のお荷物として生きることを余儀なくされてきた。それは決して愉快な経験ではなかった。

ネルの沈黙に苛立ちをおぼえたのか、ミスター・カツァロスは携帯電話を身ぶりで示した。「ぼくの名前を検索するんだ」

いちいち命令するのはやめて、と言い返したくなった。だが、そんな台詞(せりふ)をぶつけたところで、状況は何も変わらない。トラブルの種は蒔(ま)きたくなかった。

ためらいがちにブラウザを起動する。

ギリシア系の苗字(みようじ)のようね。そう考えながら、ミスター・カツァロスの名前を入力する。

検索結果が表示された。新聞や雑誌の記事、論文、インタビュー、動画……。大量のデータが目の前に並ぶ。巨大金融企業、〈カツァロス・インターナショナル〉。革命的な投資戦略で株式市場に大きな影響を与えた、カツァロス社の創業者。

彼女の目の前にいる男性こそが、まさにその人物なのだ。

全身を走り抜けた熱い何かは、いまや炎となって燃え上がっていた。もはやその正体に気づいていないふりはできなかった。

彼女の肉体は、ミスター・カツァロスの性的な魅力に反応しているのだ。

頭が混乱してきた。どうしてわたしは赤の他人に魅力を感じているの？　このひとのことなんて、わたしは何も知らない。彼に心を引かれるはずがない。けれど、彼の視線を浴びるたびに体が火照り、落ち着きを失うことは否定できなかった。

ネルのこれまでの人生で恋人は一人しかいなかった。クレイトンが二人目になるはずだった。だがクレイトンは、一度も彼女をこんな気分にさせてくれなかった。彼を目の前にしても、ネルは何も感じなかったのだ……。

とにかくいまは、ミスター・カツァロスのそばを離れたかった。

そもそも彼に迷惑をかける気はなかった。彼がほんとうに〈カツァロス・インターナショナル〉の経営者なら、幼稚園の保育士に付き添ったりするよりも、優先すべきことがたくさんあるはず。どうして彼はわたしの世話を焼こうとするの？

「あなたが何者なのかはわかったわ」ネルは何とか冷静さを保とうとした。「でも、なぜなの？」

彼は眉を上げた。「〝なぜ〟とはどういう意味だ？」

「あなたは重要人物で、とんでもないお金持ちなのよね。だとしたら、わたしに付き添うなんて時間の無駄だわ。なぜそんなまねをしたがるの？」

「時間の無駄……」彼は鸚鵡（おうむ）返しに言い、当惑の表情を浮かべた。「いや、きみはわかっていない。ぼくは決して時間を無駄にしない。ぼくにとっては一分一秒が貴重なんだ。だからこそ、きみに付き添うためにスケジュールを調整するつもりでいる」

スケジュールを調整する？　わたしのために？　どうしてそんなことを？

ネルは言葉を失い、茫然と彼を見返した。

ミスター・カツァロスは重そうな腕時計に目をやり、彼女の手から携帯電話を取り戻すと、親指で操作を始めた。

「ぼくの雇っている医者にきみの検査をさせる。そのほうが手っ取り早い。これ以上ここで待っていても、意味がないからな」

ネルは抗議をしようと口を開けた。しかし、ミスター・カツァロスはすでに携帯電話を耳にあてがい、英語ではない言語で話しはじめていた。ギリシア語だろうか？　彼は話を手短にすませ、通話を切った。

「行こう。医者が待っている」

全世界が自分の命令に従う、と言わんばかりの口調にネルは衝撃を受けた。ここまで自信に満ちた人間に出会ったことは一度もなかった。

そう、彼は名声と巨万の富を誇る男性だ。いっぽうネルは金も名誉も力もない一介の保育士だ。だからといって、彼の言いなりにはなりたくなかった。

「誰が待っていようと関係ないわ」ネルはきっぱりと言った。「わたしはあなたに付き添いを頼むつもりはないし、何度も言っているけど、同じアパートメントに住んでいるひとが——」

「きみのアパートメントの住人などどうだっていい。自分の怪我がどれほど危険なものか、きみはわかっているのか、ミス・アンダーウッド？　ぼくは救急車の中で救急救命士から説明を聞いた。いまは元気そうに見えても、血栓ができるとか、深刻なトラブルが生ずる危険があるらしい。これから二十四時間は絶対に誰かが付き添うべきだ、と救命士は言っていた。この病院に留まりたくないのなら、ぼくといっしょに来るべきだ」

2

アリストパネスは、刻一刻と過ぎていく時間を強烈に意識していた。スケジュールはさらに変更しなくてはならないようだ。すでに何時間かをこの病院で浪費してしまった。これ以上、時間を無駄にしたくなかった。彼の専属医は、病院を相手に事務手続きを進めているはずだ。ミス・アンダーウッドは彼の高級アパートメントで、医師の診察を受けることになるだろう。すべては順調に進んでいた。金と権力で解決できない問題など存在しない。

しかし、どうやらミス・アンダーウッドは、金や権力では動かせない女性のようだ。面倒な話だった。彼女がすぐに言うことを聞くとは思っていなかった。

けれど、ネットの記事を読ませれば、あとは素直に従うと信じていたのだ。

しかし、彼女は従わなかった。ミス・アンダーウッドは検索結果を見て驚いたようだったが、結局は彼の申し出を拒絶したのだ。

とても信じられない。

彼は誰もが知っている有名人ではなかった。しかし、彼が設立した会社は広く知られているはずだ。アリストパネスは大学に行っていない。彼にとって学校は退屈な場所にすぎず、できるだけ早く縁を切りたかった。実際に縁が切れたのは十四歳のときだった。数字は彼の喜びであり、音楽だった。アリストパネスは、数字をもとに交響曲を作り上げたのだ。彼は金を自分の意志に従わせた。資産は二倍、三倍に増えた。損失を出すこともあったが、気にもしなかった。それ以上の金額を取り戻せることがわかっていたからだ。

ひとびとは彼を天才と呼んだ。だが、彼は自分の流儀で仕事を進めているだけだった。時は金なり。彼が投資に費やす一分、一秒がユーロ紙幣そのものなのだ。利益を生み出すからこそ自分には価値がある、とアリストパネスは信じていた。無価値な人間はなりたくなかった。かつて彼は、母にとって何の価値もない存在だった。彼の母は八歳だった息子を教会に連れていき、礼拝が終わると、〝ここに座っていなさい〟と告げ、姿を消した。

座ったままのアリストパネスを司祭が見つけたのは、それから三時間後のことだった。司祭たちは何日もかけて彼の母を探したが、見つからなかった。彼は捨て子という境遇から這い上がらねばならなかったのだ。二度とあんな目には遭いたくなかった。

そしていま、病院のベッドに座り込むこの美しい女性は、ブラウンの瞳で彼を見ていた。彼女はどうあってもこちらの申し出を拒否するつもりらしい。

これ以上時間を無駄にしたくなかった。彼は苛立ちをおぼえた。

苛立ちを感じるのは、彼女を見るたびに体に欲望の疼きが走るせいだろう。こんな経験は初めてだった。彼は女性の知性に魅力を感じる男だ。この展開は納得がいかなかった。彼女は赤の他人だ。知性のほどもわからない。知性より先に容姿に心を奪われるのは、いつもとは順番がまるで逆だ。その事実がアリストパネスをいっそう苛立たせた。

彼にとって何よりも重要なのは知性の輝きだった。肉体的な美しさは二の次だ。知的な魅力に比べれば、体の相性など何の意味もない。だが、ネル・アンダーウッドがいかなる知性の持ち主なのかは、まったくわからない。にもかかわらず、アリストパネスは彼女の肉体に心を奪われているのだ。

自分自身の欲望に怒りをおぼえながら、彼はミス・アンダーウッドに目をやった。彼女がこちらの申し出を拒絶する理由が理解できなかった。彼女はネットでぼくの経歴を読んだはずだ。ぼくは連続殺人犯じゃない。ぼくを恐れるなんてばかげている。どうしてぼくの申し出を受け入れない？　たしかに彼女にとってぼくは赤の他人だ。だが、ただの通りすがりとはわけが違う。

ぼくはアリストパネス・カツァロスだ。世界でも指折りの大富豪だ。金持ちの心は汚れている、と主張する者もいる。彼女がその手の偏見を持っていたとしても、それはそれで仕方がない。しかし、ぼくは女性に危害を加えたことは一度もない。

ぼくの肉体はセックスを求めている。今夜は予定どおりに欲望を満たすつもりだ。アンジェリーナは待たせても平気だろう。だが、その前にミス・アンダーウッドの問題を片付けなくては。あと何時間かでぼくが呼んだ医者が来る。問題はそれで解決だ。

彼女は頬を赤く染めていた。アリストパネスは、自分が彼女のセクシーな曲線美を凝視していたことに気づいた。安っぽいワンピースを見ても、ブラジャーや下着のラインは窺えない。やはり服の下は一糸まとわぬ裸なのだ。彼の欲望は燃え上がった。どうして下着を身につけていないんだ？　彼女は高級娼婦なのか？　つぎの顧客のもとに行く途中だった？

どうしてぼくは、そんなことに興味を持っているんだ？　なぜ彼女の体に心を奪われている？　自分自身が信じられなかった。彼にとって女性の裸など珍しいものではない。胸のふくらみも、ヒップも、熱く湿った両脚の付け根も熟知している。

どうやらぼくは、この女性の肉体に注意を引かれているようだ。理由は自分でもわからない。体などどれも同じだ。同じ機能しかない。しかし、心は違う。ぼくを魅了するのは心なのだ。

「お断りよ」彼女はきっぱりと言った。「あなたと行動をともにするつもりはないわ。お医者さんだけをよこしてちょうだい」

その声は彼の肌をビロードのようにそっと愛撫した。いまの声をもう一度聞きたい、と彼は思った。ミス・アンダーウッドがうめくようにぼくの名を呼び、頂点を極め、そして――

アリストパネスは歯を食いしばり、別のことを考えようとした。

受け入れがたかった。気に入らなかった。自分の体が、なぜこんなにも狂おしく彼女を求めているのか？　その理由が理解できなかった。腹立たしかった。彼は心のどこかで、ミス・アンダーウッドを手放したくない、と考えているようだ。自分は彼女に対する責任を負わねばならない、と。自分が助けたからといって、それだけの理由で女性と子猫を同列に扱うのはばかげている。だが、それが彼の偽らざる心情だった。彼は倒れたミス・アンダーウッドをまのあたりにした。救急車が来るまで彼女の面倒を見た。いっぽう彼女は、決して放したくない、と言わんばかりにアリストパネスの手を握りしめたのだ。しかし、状況は変わった。いま役に立つのは彼ではなく医者なのだ。

論理的に考えれば、それが正しい結論だ。だとしたら、これ以上彼女と押し問答を続けて何の意味がある？　医者が付き添うのだから、ぼくが責任を負う必要はない。彼女のそばに留まる必要もない。

ぼくには行くべき場所がある。会うべきひとがいる。彼女に心を奪われたせいで、時間を浪費してしまった。これ以上の無駄は避けたい。

だが彼の視線は、どうしてもミス・アンダーウッドの豊満な肉体に吸い寄せられてしまう。豊かな胸、みごとにくびれたウエスト、まろやかなヒップ、豪奢な金褐色の髪。そして唇は……そう、あの美しく豊かな唇は、さまざまな喜びを与えてくれると……。

ミス・アンダーウッドは目を見開き、視線を逸らした。頬はさらに赤くなっていた。

彼の考えを読み取ったのだろう。瞳は欲望の光を放っていたはずだ。みっともない話だった。しかし、彼はミス・アンダーウッドが頬を染めていることにも気づいていた。

本心を見抜かれてしまったのは、どうやら彼だけではないようだ。

いまがチャンスだ。行け。彼は自分を叱咤した。

そう、いまこそ行動を起こすべきだ。拒絶されたのなら、それはもう仕方がない。無理強いをすべきではない。体内で荒れ狂う情欲の炎は、アンジェリーナが静めてくれるはずだ。セックスとは安っぽく、お手軽なものだ。誰とでもできる行為だ。ほんとうに価値があるのは時間なのだ。

今夜はアンジェリーナとベッドをともにする。ミス・アンダーウッドのことなど、忘れてしまっても構わないはずだ。

「わかった。きみの言うとおりにする。住所を教えてくれ。医者にきみを送らせる」

彼女から住所を教わると、アリストパネスは精神力を総動員してベッドを離れ、自身が呼んだ医者が来るのを待った。

ミス・アンダーウッドと距離を置いたとたん、いつものように時間がスムーズに流れはじめた。

やがて医師が姿を現した。これでやっとアンジェリーナの待つアパートメントに行ける。あそこに戻れば、ミス・アンダーウッドのことなど忘れてしまえるはずだ。

ところが、忘れることができなかった。

最高の料理を食べ、高級ワインを飲み、刺激的な会話を楽しみ、セックスの快楽を満喫する。それが愛人と過ごす標準的な夜のプランだった。

しかし、アパートメントに着いたときには、料理はすでに冷め、ワインは酸化し、アンジェリーナは苛立ちの色をあらわにしていた。さらに悪いことに、病院の救急室に置き去りにしてきた女性のことが、どうしても頭に浮かぶ。ぴったりとしたワンピースの下の豊満な肉体。雨に濡れてカールした金褐色の髪。彼女の唇は柔らかそうだった。手は彼の手を強く握りしめていた。彼女が意識を取り戻し、ブラウンの瞳でこちらを見上げたとき、アリストパネスの中で何かが大きく揺れ動いた。

アパートメントで彼は、激しい怒りに駆られていた。これではせっかくのプランがだいなしだ。何もかも彼女のせいだった。

アンジェリーナは、彼が別の何かに注意を奪われていることを感じ取ったのか、彼の欲望を刺激しようとした。ここ二カ月ほど、アリストパネスは禁欲生活を余儀なくされてきた。寝食を忘れて、投資戦略を練り直していたのだ。アパートメントに足を踏み入れた直後にベッドに雪崩れ込んだとしても、おかしくはなかった。ところが、アンジェリーナにキスをされても、欲望はわき上がらなかった。ズボンの上から下腹部を刺激されても、体は反応を示さなかった。自分からアンジェリーナにキスをし、彼女の背中を撫で下ろしても、やはり……。

　彼は何も感じなかった。

　彼の肉体はセックスを求めていた。しかし、欲しいのはアンジェリーナではなかった。救急室に残してきた、バーン＝ジョーンズの天使なのだ。

　これまでアリストパネスは、性的な欲望にわれを忘れたことはなかった。彼はつねに自分の心と体をコントロールしてきた。情欲とは面倒なものだが、対応の方法はある。だが、いまのこの衝動は話が別だ……。こんなものは受け入れられない。

　そうなると、打つべき手はひとつしかない。

アンジェリーナではこの問題は解決できない。必要なのはミス・アンダーウッドだ。

　さいわい、彼女の住所はわかっている。

　ミスター・カツァロスが呼び寄せた医師は、プロ意識に徹した優しい女性だった。ネルを救急室に残して姿を消した、魅力的だが不作法な男性とは大違いだ。

　医師は検査をすませると、病院に提出する書類の作成を始めた。やがて差しまわしの車が到着し、ネルは医師に付き添われてブランズウィックのアパートメントに戻った。

　彼女は紅茶で医師をもてなそうとしたが、安静にしているように、と言われてしまった。

　困ったことに、ネルはじっとしているのが苦手なタイプだった。何かしていないと落ち着かなかったため、ベッドには入らず、熱いシャワーを浴びることにした。体は凍え、頭はずきずきと痛んでいた。

濡れたワンピースは脱いでしまいたかった。

なぜかネルは、見捨てられた、という思いに囚われていた。

アリストパネス・カツァロスは、彼女を救急室に置き去りにして消えた。彼はネルと言い争いをし、飢えたような目でこちらを凝視したあと、彼女の主張をすんなりと受け入れた。

ネルの気分は沈んでいた。でも、それはおかしいわ、と彼女は思った。わたしはいったい何を期待していたの？　彼がほんもののアリストパネス・カツァロスなら、いつまでも救急室に留まっていたいとは思わないはずよ。彼にとってわたしは、たまたま助けただけの赤の他人。彼はやれることはすべてやってくれた。これ以上期待するのは間違っている。

けれど、そう考えてみても、仕切りのカーテンの向こうに消える彼の後ろ姿を思い出したとたん、胸が痛くなった。ミスター・カツァロスは一度も振り返らなかった。ほんとうは振り返ってもらいたかったのだ。

問題は病室を立ち去る直前の彼の表情だ。燃えるような銀色の瞳は、彼女の体を、そして彼女の顔を見つめていた。彼が何を欲していたのかは明らかだ。かつてクレイトンも同じような目で彼女を見ていたからだ。しかし、クレイトンの目には、あれほどの熱さや飢えはなかった。ミスター・カツァロスに凝視されると、体がぬくもりに包まれた。それは熱い炎ではなく、ぬくもりだった。

実のところ、クレイトンに激しい欲望を感じたことはなかった。息が止まり、頭が真っ白になり、頬が火照ることもなかった。アリストパネス・カツァロスを見るような目でクレイトンを見たことは、ただの一度もなかったのだ。

ああ、わたしはどうかしている。ミスター・カツァロスのことばかり考えているだなんて。彼が近くにいると、それだけで心が乱れてしまう。彼が姿を消したことに、安堵をおぼえるべきなのだ。

挑発的なワンピースを脱ぎ、シャワーを浴びる。冷えきった体に熱いお湯は心地よく、思わずため息が漏れた。頭痛も治まり、気分はかなりよくなっていた。医師は注意すべき脳震盪の症状を記した一覧表を渡してくれた。吐き気や眩暈に襲われた場合、すぐに医師に知らせねばならない。ただ、脳震盪を起こしても症状が軽く、すぐに治るケースもあるという。

一覧表に載っていたような症状はいっさいなかった。もしかすると、彼女の症状は軽いのかもしれない。そうであってほしかった。明日の仕事を欠勤して、サラに迷惑をかけたくなかった。

シャワーを浴びると、体をタオルで拭き、ふわふわしたピンクのバスローブを羽織る。ハミングをしながらタオルをターバンのように頭に巻き、髪を包み込む。

ネルはバスルームのドアを開け、廊下に出た。つぎの瞬間、体が凍りついた。

狭い廊下には男性が立っていた。

見覚えのある人物。

アリストパネス・カツァロスだ。

呼吸が止まり、電流のような衝撃が全身を駆け抜けた。彼はわたしを見捨てたりしなかった。戻ってきてくれたんだわ。

ミスター・カツァロスは腕組みをしていた。圧倒的な存在感だった。背は高く、肩幅は広く、銀灰色の瞳には炎が揺らめいている。

彼は何かに腹を立てているように見えた。

ネルは息苦しさに襲われた。彼がなぜここにいるのかが理解できなかった。

「医者には帰ってもらった」ミスター・カツァロスは乱暴な口調で言った。「ぼくはきみに対する責任を果たさなくてはならないんだ。少なくとも、向こう二十四時間は」

彼女はかろうじて声を絞り出した。「でも……どうして？　あなたには他にするべきことがあったはずよ」

「たしかにそうだな」彼がネルの全身に視線を走らせる。ピンクのバスローブの下に何も身につけていないことを強烈に意識させられた。「だが、きみがぼくの目の前で倒れた瞬間に、すべては変わってしまった」

非難するような口振りに、彼女の頬は熱を帯びた。彼がこのアパートメントにいること自体が衝撃的だった。頭にタオルを巻き、バスローブだけを羽織った姿が恥ずかしかった。

「わたしが頭を打ったせいであなたの夜をだいなしにしたというのなら、心からお詫びするわ。近くに不作法で横柄な男性がいるときは、できるだけ足もとに注意するわね」

「ぼくは横柄な男じゃない」

「そうかしら？　あなたは自分の携帯電話をわたしに突き付けて、あなた自身について調べるように命令して、わたしのアパートメントまで付き添う、とも言っていたような気がするわ。でも、それはわたしの思い違いだったのかもしれないわね」

ミスター・カツァロスは何も言わなかった。しかし、瞳には怒りの色が浮かんでいた。

こんな口の利き方をするべきではなかった。わたしはどうしてしまったの？　いつものネルは辛抱強く、思慮深い女性だった。誰かに失礼な態度を取ることもなかった。だが……ミスター・カツァロスを前にすると、どうしても冷静さを失ってしまうのだ。

しかし彼女は、毎日四歳児という名の不条理な生き物の相手をしているのだ。成人男性に屈するつもりはなかった。

彼を恐れていないことを態度で示すため、背筋を伸ばす。

ミスター・カツァロスは彼女をにらみつけた。

「きみはぼくが今夜何をするつもりだったか、知っているのか？」

「いいえ。そもそも、あなたの予定が何だったとしても、わたしには関係のないことだわ」

彼はネルの返答に腹を立てたようだった。瞳の光が鋭さを増す。「セックスだ。今夜、ぼくはセックスをするつもりだったんだ、ミス・アンダーウッド。夕食、会話、そしてセックスだ。だが、ぼくはきみのことばかり考えていた。デートの相手に集中することができなかったんだ」

「それはわたしのせいじゃないわ。ここに来てほしい、とわたしは頼んだおぼえはないのよ、ミスター・カツァロス。あなたはデートのお相手のそばにいるべきだったんじゃないかしら」

「彼女のそばに留まろうと努力はしたんだ」彼は怒鳴るように言った。「だが、だめだった」

「もう少し小さい声で(インサイド・ボイス・プリーズ)」彼女はとっさに返した。

「何だって？」

ネルは自分が何を言ったかに気づき、当惑をおぼえた。それは幼稚園児を叱るときの言葉だった。しかし、ミスター・カツァロスは四歳児のように振る舞っている。何を言われても自業自得だろう。

「いまのは幼稚園でよく使う台詞(せりふ)よ。子供たちが癇癪(かんしゃく)を起こしたときとかに」

一瞬、あたりの空気が張り詰め、二人のあいだに火花が散ったような気がした。

「幼稚園？」

「そうよ。わたしは保育士なの」

「何ということだ。だとしたら、これはいったいどういうことなんだ？」

「〝どういうこと〟？　あなたは何の話をしている

の？」

「きみの話をしているんだ。きみはぼくがいままで会ったなかで、いちばん美しい女性だ。病院の救急室を出たあと、ぼくはずっときみのことを考えていたんだ」

ネルは目をしばたたいた。こんなふうに褒められたのは初めてだった。クレイトンは、付き合いはじめたころ二度ばかり彼女を〝可愛い〟と言ってくれた。だが、やがて彼はお世辞を言わなくなった。それどころか、彼女に対する不満を口にするようになった。両親の死後、ネルを引き取った叔父と叔母は……彼女を賞賛したりしなかった。彼らはネルを邪魔者だと思っていた。その気持ちを隠そうともしなかった。

ところが、目の前にいるこの男性は、彼女を〝美しい〟と言ってくれたのだ。

「あなたの今夜の計画がだいなしになったことは、とても残念に思うわ。いずれにしても、あなたがこんなところにいる必要はないはずよ。さっさとここを出て、デートのお相手と楽しい夜を満喫すればいいんじゃないかしら？」

アリストパネス・カツァロスは、信じられない、と言わんばかりの顔で彼女を見返した。「〝楽しい夜〟だって？」彼は足を前に踏み出し、二人のあいだの距離を詰めた。いっぽうネルは後ずさりを始めた。やがて背中が寝室のドアにぶつかった。

ミスター・カツァロスは、はるか上から彼女を見下ろしていた。彼はネルよりもはるかに体が大きかった。手荒なまねをするつもりなら、彼女には抵抗するすべがなかった。恐怖を感じたとしても不思議はなかった。

しかし、怖くはなかった。それどころか、気持ちが高ぶっていた。ミスター・カツァロスは大金持ちで、大企業の創立者で、数学の天才なのよ。それなのに、彼はわたしのことをずっと思っていた。わたしに付き添うためにお医者さんを帰らせた。しかも、わたしのことを〝いままで会ったなかでいちばん美しい女性〟と言ってくれた。

彼は怪我(けが)をしたわたしのために救急車を呼んでくれた。わたしの手を握り、病院まで連れていってくれた。

ネルは確信していた。そんな彼が乱暴なまねをするはずがない、と。

それでも、彼が怒っていることは間違いない。当然だろう。やはり、あんな口の利き方をするべきではなかった。そう考えながらも、ネルの気持ちは高ぶっていた。育ての親である叔父や叔母は、彼女に関心を示さなかった。叔母たちにはすでに五人の子供がいた。六人目の子供など欲しくなかったのだ。ネルは無視され、放置された。彼女は学業でもスポーツでも標準レベルだったため、叔母たちからはぱっとしない娘と見なされていた。家庭内の異物と思われていたのかもしれない。叔母の子供たちはみな長身でブロンドだったが、ネルは小柄で金褐色の髪だったからだ。

十代のころ、彼女は叔母たちに反抗を試みたことがあった。煙草(たばこ)を吸ったり、パーティに出かけたりしたのだ。だが、叔父も叔母も怒りはせず、ただ肩をすくめるだけだった。ネルに興味がなく、怒ることすら時間の無駄だと考えていたのだろう。

ところが、この男性は彼女に腹を立てている。それがたまらなく心地よかった。

ミスター・カツァロスは目の前にいた。アフターシェーブ・ローションの香りが鼻をくすぐる。息がさらに苦しくなる。彼の体が熱を帯びていることは、はっきりと感じ取れた。

彼はいっぽうの手をドアに——彼女の頭のすぐ脇に押し当てた。「ぼくのデートの相手などどうでもいい」乱暴な口調で言うと、もういっぽうの手でもドアに触れ、ネルを腕の中に閉じ込める。

彼女の心臓は高鳴り、電気を帯びたように体が痺れた。ネルは彼の目を覗き込んだ。灰色の瞳は吸い込まれそうなほど美しかった。

怖くはなかった。それどころか、興奮が全身に広がっていた。彼女はミスター・カツァロスの心を掴んだのだ。〝美しい〟と言わせたのだ。このひとはわたしを欲しがっている。そう考えるだけでぞくぞくしてきた。

ネルも彼が欲しかった。

彼女は大きく息を吐いた。ありったけの勇気をかき集め、指で彼の頬骨に触れる。彼の肌は温かかった。「それなら、どうしてぐずぐずしているの?」彼女は尋ねた。

3

何が起きているのか、アリストパネスには理解できなかった。医師を帰らせ、ネルをベッドに寝かせ、自分は夜通し仕事をする――そんなプランを思い描いて、このアパートメントを訪ねたはずだった。ところが、こちらに着いたとたん、仕事に必要なものを何ひとつ持ってこなかったことに気づいた。朝までの時間が無駄になってしまうのだ。ますます腹が立ってきた。

医師はすんなりと帰ってくれた。しかし、その直後にバスルームのドアが開く音が耳に入り、彼は廊下に出た。そこで目にしたのは、こちらに視線を転じるネルの姿だった。彼女は恐ろしく珍妙なバスローブに身を包んでいた。

　ふわふわしたピンクのバスローブ。頭にはタオルを巻いている。魅力的に見えるはずがない格好だ。バスローブの下には何も身につけていないようだ。ネルの素肌が見たかった。バスローブに負けないくらいピンク色に染まっているはずだ。タオルを剥ぎ取ったら、いったいどうなるだろう？

　そして、彼女にキスをしたら？

　アパートメントに向かう車の中で、彼は自分に言い聞かせた。ぼくがこんなまねをするのは、彼女が心配だからだ。彼女の唇が柔らかそうだったからでもなければ、体つきが官能的だったからでもない。

　性的な魅力に意味はない。それはありふれたものだ。特別な何かではない。

　彼が心を引かれるのは知性だった。美しい女性よりも、知的な女性に魅力を感じるのだ。

　そしていま、ネルはドアに背中を張り付かせ、こちらを見上げている。ピンクのバスローブを引き裂き、その奥に隠された美しい裸身を暴き出したかった。肌に触れ、キスをし、舌に彼女の味を感じたかった。

　彼女の中に体を沈めたかった。

　ばかげた衝動だった。自分がこれほど強烈な欲望に取り憑かれていることに、彼は衝撃を受けた。だが、もはや自分を抑えることができなかった。

　怒りにわれを忘れて女性をドアまで追い詰めたことなど、いままで一度もなかった。

　彼女は怖がるものと思っていた。彼の行動は完全に常軌を逸していた。ところが、ネルは手を伸ばし、彼の頬にそっと触れた。

　〝どうしてぐずぐずしているの？〟と彼女は言った。

その言葉が、彼の心の奥底にある何かを激しく打ちのめした。

　ネルは彼を受け入れる準備ができているのだ。

幼稚園の保育士……。保育士の仕事を軽んじるつもりはないが、アンジェリーナはハーヴァード大学の教授だ。どうしてアンジェリーナではなく、この女性を選んだんだ？　ぼくの体は、なぜアンジェリーナではなくネルを求めているんだ？

「ぼくはきみのことをよく知らない。よく知らない女性と関係を結ぶわけにはいかないんだ」

彼女の瞳に優しい光が宿った。ネルが彼の頬骨を撫でる。あたかも、彼が自分のものであるかのように。女性とベッドをともにした場合を除き、彼は他人に触られるのが嫌いだった。気が散るからだった。

しかし、彼女の指は何かが違っていた……。彼女にはもっと触れてほしかった。

「わたしだって、よく知りもしない男性と深い関係になったりしない。だから、おたがいさまだと思うわ」

彼女から離れろ、とアリストパネスは自分に告げた。距離を置くんだ。彼女はドアに張り付いている。ぼくはいったい何をしているんだ？

だが、動けなかった。彼はその場に留まることを──石鹸とシャンプーの香りを鼻に感じることを望んでいた。ありふれた匂いが彼の体を疼かせる。彼女の肌はぬくもりに満ちていた。珍妙なバスローブのベルトを解いてしまいたかった。彼女の肉体は甘い香りを放っているが、味も甘いのだろうか？

「なぜなんだ？」筋道立てて考えることが難しくなってきた。こんな経験は初めてだった。「なぜきみがぼくを欲しがるんだ？」

ネルはまぶたを閉じた。「それは……」言葉を探すかのように言い淀み、やがて目を見開く。「意識をなくしていたとき、あなたの夢を見たような気がするの。そして目を覚ますと、あなたがわたしの手を握っていた。あなたはとても……美しかった。あなたのような男性には、いままで出会ったことがなかったのよ」

満足感が胸に込み上げる。女性たちはみな、彼を欲しがる。秘書がスケジュールに組み入れた女性たちは、一人残らず彼に心を奪われていた。

しかし、ネルの言葉は、他の女性には感じたことのない激しい高揚を彼に与えた。

彼女をこの場で自分のものにしたくなった。

ネルとの距離をさらに詰める。ピンクのバスローブが彼のシャツに触れた。「今夜、ぼくはセックスをするつもりでいた。きみはぼくの望みを叶えてくれるのか？」

彼女は頬を赤らめたが、視線は逸らさなかった。

「実はわたしも、今夜はそういうつもりでいたの。でも、相手が待ち合わせの場所に現れなかったのよ」

またしても彼は、理解できない事実に直面させられた。彼女との待ち合わせをすっぽかす男が、この世に存在するのか？

「なぜきみの相手は来なかったんだ？」

「〝きみは堅苦しすぎる〟と彼は言っていたわ」ネルは目を逸らさず、礫のように言葉をぶつけてきた。挑発しているのかもしれない。「わたしは彼の理想のタイプではなかった、ということね」

アリストパネスは、ずっと彼を悩ませてきた質問をぶつけてみた。「きみが下着を身につけていなかったのは、恋人に体を許すつもりだったからなのか？」

彼女の顔がさらに赤くなった。「ええ。でも、彼は姿を現さなかったから、ワンピースの中を目にすることはできなかったのよ」

「それは結構な話だな。彼が失ったものをぼくが手に入れる、というわけだ。彼が見られなかったものを、ぼくに見せてくれ」

ネルは彼の顔を凝視した。その瞳には、言葉では表せない感情が浮かんでいた。やがて彼女はアリストパネスの頬から手を放し、バスローブのベルトを解いた。

シャワーを浴びたばかりの彼女の肌は、やはりバスローブに負けないピンク色だった。輝きを放っているようにすら見える。胸のふくらみは豊かで、体のあらゆる部位がまろやかな曲線を描く。欲望を刺激する姿だ。太腿のあいだには、ささやかな金褐色の茂みが……。

何ということだ。

うなり声が漏れそうになった。そうだ、彼女はぼくを欲しがっているんだ。

彼の表情を見ることを恐れるかのように、ネルが視線を逸らす。アリストパネスは彼女の顎をつかみ、顔を自分のほうに向けさせた。「目を逸らすんじゃない。恥ずかしがる必要なんてないんだ」

「恥ずかしがってなんかいないわ。ただ――」

「何度も言うが、きみは美しい」それを彼女に理解させることが、なぜこれほど大切に思えるのだろう？　こんなにも魅力的な女性が、どこかの愚か者に振られたことが耐えられなかったからだろう。「嘘じゃないことを証明してみせるよ」

ネルが息をのむ。瞳は真夜中のような陰りを帯びていた。もはや自分を抑えることができなかった。彼はネルとの距離を詰め、体を密着させた。

彼女の全身がわななく。「そうよ」息も絶え絶えの声でささやく。これほど甘美な言葉を耳にしたことはなかった。「お願い」

アリストパネスはネルの手を取った。彼女の瞳を覗き込みながら、その手をみずからのズボンの前面に導く。彼の下腹部は痛いほど硬くなっていた。

ネルが驚きに目を丸くし、口を大きく開ける。彼女が手の中のものをそっと握りしめると、アリストパネスは喘いだ。

理性は一瞬で吹き飛んだ。彼は生まれて初めて本能に身をゆだねた。

空いているほうの手で彼女の首筋に触れる。脈拍がはっきりと感じ取れる。手を首から胸のふくらみに移すと、ネルは身を震わせ、顔を上に向け、まぶたを閉じた。彼女の肌はシルクのようだった。滑らかで柔らかい。手の中のバストの重みも最高だった。

ネルは喉の奥でうめくと、背中をそらし、彼の手に胸を押しつけた。ふくらみの頂きは硬かった。親指を前後に動かして撫でると、彼女は切なげな声を漏らした。

彼女は美しかった。

完璧だった。

身を屈め、ネルにキスをする。唇は彼が予想していたとおりの味だった。たまらなく甘かった。飢えがいっそう募る。

彼のキスは激しさと濃厚さを増した。ネルは彼の愛撫を受け止め、自分からくちづけに応えた。彼女のキスは不器用だった。しかし、それがかえって刺激的だった。ネルがまたしても彼を握りしめる。今度は先ほどより少しだけ強く。もう何も考えられなかった。

いま彼が望むものはひとつ。ひとつだけだった。

彼女と結ばれたかった。

ネルには状況が把握できなかった。バスローブの前ははだけ、背中はドアに接し、胸のふくらみは世界でもっとも魅力的な男性の手の中にある。どうやってこの地点までたどり着いたのか、まったくわからない。けれど、もうそんなことはどうでもよかった。

安静にしていなければならなかった。頭の傷に気に注意せねばならなかった。だが、痛みは押し寄せる快楽の波に洗い流され、とうに消えていた。自分の体がこんな反応を示すとは、思ってもいなかった。しかし、この感覚を否定するつもりは毛頭なかった。最高の気分だった。アリストパネス・カツァロスは、どんな薬よりも効き目があった。

優しく愛撫する手。密着するたくましい体。肌のぬくもり。布地越しに感じられる欲望のあかしの長さと硬さ。彼は何もかもが大きかった。

ハイスクールの最上級生のとき、彼女は生まれて初めてできたボーイフレンドにバージンを捧げた。車の後部座席でわずか十分で終わったそれは、失望と困惑に満ちた経験だった。同じ体験をすぐに繰り返す気にはなれなかった。それでも、クレイトンと出会ったときは……。

だが、彼女はクレイトンとはこんなことはしなかった。もう少しようすを見よう、と思っていたからだ。しかし、それが嘘だったことが、いまになってわかった。彼女はようすを見ていたのではなかった。クレイトンに欲望を感じなかったのだ。この見知らぬ男性に比べれば、クレイトンは魅力が乏しかった。アリストパネスは雨の歩道で意識を失った彼女を助けてくれた。彼女の手を握り、安心させてくれたのだ。

だからこそ、バスローブのベルトを解き、素肌をさらす勇気が出せたのだろう。〝彼が見られなかったものを、ぼくに見せてくれ〟彼がそう言ったとき、ネルは拒否しなかった。そう、ネルは見せたかったのだ。彼に見てもらいたかったのだ。

バスローブの前をはだけた瞬間、彼女は勇気を失いかけた。すると、アリストパネスが彼女の顎をつかみ、顔の向きを変え、たがいの目を合わせた。銀色の瞳には炎が揺らめいていた。彼がネルの裸身に心を奪われていることは明白だった。

一刻も早くバスローブを脱ぎ捨てたかった。彼のシャツの前を開き、素肌に触れたかった。たがいに生まれたままの姿になりたかった。わたしも彼も、今夜はセックスを楽しむつもりだった。だとしたら、何も問題はないはずよ。わたしたちは、いまここで欲しいものを手に入れるんだわ。

彼の手が胸のふくらみから下腹部に移動し、指先が草むらに触れる。ネルはうめき声をあげた。「そうよ。ああ、それでいいの。お願い……」

アリストパネスは彼女の濡れた部分に指を滑り込ませた。まさぐり、撫で、弄んだ。ネルはわななき、彼のズボンのボタンに手を伸ばした。自分が触れられているように、彼に触れたかった。だが、アリストパネスは体を離し、床に膝を突いた。

両手でネルの腰をつかみ、彼女のヒップをドアに押しつける。ネルは息をのんだが、彼はすでに唇を彼女の腹に押し当てていた。熱く湿った場所を目指し、舌がゆっくりと這い進む。

アリストパネスはネルの下腹部に顔を密着させ、彼女を味わった。舌はもっとも敏感な部位を探り当て、嬲った。全身が震えた。彼女はアリストパネスの髪に指を絡ませ、彼の頭をみずからの腰に押しつけた。思わず喉から声が漏れた。

こんなふうに彼女に触れてくれた男性は、いままで一人もいなかった。

こんなふうに情熱をぶつけてくれた男性は、いままで一人もいなかった。

こんなふうに崇拝してくれた男性は、いままで一人もいなかった。

こんなふうに快楽を与えてくれた男性は、いままで一人もいなかった。

ネルは瞳を閉じた。体の内側であらゆるものが凝縮し、まぶたの奥でさまざまな色彩が渦を巻く。

「それでいい」彼女がわななくと、アリストパネスの吐息が肌をくすぐった。「声を出せ。ぼくに聞こえるように、大きな声を出すんだ」

彼の舌が激しくうねり、ネルは悲鳴をあげた。嵐のような愉悦が全身を駆け抜ける。彼女は頂点を極め、その声が狭い廊下にこだました。

ネルは立ったまま喘いだ。倒れてしまわないのが不思議だった。アリストパネスは彼女の太腿の裏側をつかみ、体をかるがると抱え上げた。ネルの背中をドアに押しつけると、いっぽうの手で両脚のあいだに触れ、撫でた。震えるような欲望がまたしても込み上げてきた。彼はズボンのファスナーを下ろし、指でネルを優しく広げ、ゆっくりと――驚くほどゆっくりと彼女の中に入った。

銀色の瞳は彼女の目を見つめたままだった。ネルはうめいた。体の内側にいるアリストパネスのことしか考えられなかった。彼はしっかりとネルを満たしていた。

「きみは完璧だ」アリストパネスはうなるようにささやき、彼女の柔らかな肩を噛(か)んだ。「ほんとうに完璧だ」

自分が完璧だと思ったことは一度もなかった。それどころか、自分には何かが欠けている、と感じていた。だから、いとこたちのような魅力や存在感がないのだ、と。いとこたちも、叔父や叔母も、ネルにどう接していいのかわかっていないようだった。いや、そもそも叔父たちは彼女に興味がなかったのかもしれない。結果として、彼女は誰にも相手にされず、放っておかれたのだ。

タオルはすでに頭から落ち、濡れた髪は肩に垂れかかっていた。バスローブもなかば肩からずり落ちていた。いまの自分に魅力がないとは思わなかった。何かが欠けているとも思わなかった。

いまなら、〝美しい〟という彼の言葉を信じることができた。自分が完璧な存在のように思えてきた。

脚でアリストパネスの腰を抱き、シャツの中に手を差し入れる。彼の肌は熱く、筋肉は引き締まっていた。麝香のような男性的な香りが鼻をくすぐる。是が非でも彼を自分のものにしたかった。

彼もまた完璧だった。

やがてアリストパネスが動きだし、すべてが頭から吹き飛んだ。クレイトンに味わわされた屈辱も消えた。自分に魅力がないせいで、まわりの人間が離れていくのでは、という恐怖も振り払われた。快楽がふくれ上がり、全身を満たした。快楽以外のものが入り込む余地などなかった。

自分でも存在に気づいていなかった何かが、彼女を支配しつつあった。そこにあるのは飢えと情熱だけだった。ためらいはなかった。欲しいのは悦楽だけだ。彼の律動が激しさを増すと、ネルは彼の背中に爪を食い込ませた。

彼女は理性を失いかけていた。しかし、アリストパネスは違っていた。彼は体を揺すりながらも、ネルがぶつけた箇所を守るために、片手で後頭部を包み込んだのだ。

ネルは胸を打たれた。だが、つぎの瞬間、快楽は鋭いナイフのように彼女を切り裂いた。体はいまにも天高く吹き飛びそうだった。アリストパネスは体勢を調整し、つぎつぎと角度に変化をつけた。完璧な刺激に涙があふれた。やがて体内の何かが弾け、彼女は凄まじい勢いで空に舞い上がった。彼女の名を呼ぶ、アリストパネスのくぐもった叫びが聞こえた。彼もまた天の高みに到達したのだ。

ネルはゆるやかに高度を落とし、やがて地上に降り立った。彼女とアリストパネスは体を重ね、ドアにもたれていた。何があろうと二人が引き離されることはないような気がした。乱れていた呼吸が少しずつ落ち着きを取り戻していく。

いまこの瞬間が完璧な瞬間のような気がした。動きたくなかった。そのとき、アリストパネスが彼女を床に下ろした。彼が体を離すと、冷たい空気が肌に触れた。彼がバスローブの前を合わせ、ネルの裸身を隠す。彼女は衝撃に打たれた。このひとは帰るつもりなんだわ。

ネルの体は本能的に動きだしていた。腕を伸ばし、彼の手をつかむ。「行かないで」思っていた以上に切羽詰まった声だった。しかし、そんなことはもうどうでもよかった。

アリストパネスは身を硬くし、雷雲の色の瞳で彼女を見た。「帰るつもりはない。ぼくは向こう二十四時間、きみに付き添うことになっているんだ。忘れたのか?」

「そういう意味じゃないの。そばにいてほしいの」

彼の顔から感情を読み取ることはできなかった。だが、こちらを見つめる目には稲妻のような輝きがあった。長い沈黙のあとに彼は言った。「これ以上の何かを期待されても、ぼくはそれには応えられない。ぼくたちの関係は一夜限りだ。夜が明けたら、きみとぼくはもう二度と会うことがない。意味はわかるだろう?」

一瞬、〝どうして?〟と尋ねたくなった。しかし、そんな問いかけはすぐに頭の外に放り出した。理由なんてどうでもいい、とネルは思った。大切なのは彼がここにいること。彼がわたしを求めていること。そして、一度きりの悦楽では、二人とも到底満足できそうにないということ。

「わかるわ」彼女の声はかすれていた。

アリストパネスの表情が変わった。それまでより鋭い目で彼女を凝視している。「体の調子はどうなんだ?」

ネルは体内の緊張がほぐれるのを感じ、大きく息を吐き出した。「何も問題はないわ。でも……まだまだ気分がよくなる余地はあると思うの」

彼の瞳が純銀のような光を放つ。「医者はもういないが、ぼくが力になれるかもしれないな」

「わたしもそう思うわ」彼女の心臓はすでに高鳴っていた。

彼はネルの手を握った。「それなら、こっちに来たまえ。そして、どこが痛むか説明するんだ。ぼくがキスで治してあげるから」

4

ドアが開くと、アリストパネスはエレベーターに足を踏み入れた。ニューヨーク支社でのミーティングがちょうど終わったところだった。スケジュールでは、三十分後に天体物理学者のクレアに会うことになっていた。

クレアとは慈善団体のイベントで知り合った。魅力的な女性だった。彼が誘いをかけると、クレアも興味を示した。こうして、彼の秘書たちが苦心のすえにスケジュールを調整することになった。

だが、どこか落ち着かなかった。クレアとのセックスを頭に思い描いても、あまり興奮できなかった。

三カ月前、メルボルンで可憐な保育士と過ごしあの夜から、アリストパネスは沈んだ気分を味わっていた。

思い出したくなかった。あのときのことは。彼女のアパートメントの狭い寝室での行為は。二人はろくに言葉を交わさなかった。会話と呼べるようなものはなかった。だが、彼とネルは肉体で理解しあった。二人の〝会話〟は荒々しく、情熱にあふれていた。境界もなければ限界もなかった。何も考えることができなかった。すべて飢えと欲望に掻き消されていたからだった。

ネルとベッドをともにした翌朝、アリストパネスは眠る彼女をあとに残し、アパートメントを出た。彼女の記憶は意識の片隅に押し込んだ。

ここ数週間、彼は仕事に追われ、世界各国のオフィスを飛びまわっていた。同じ場所に長く腰を据えることはできなかったが、むしろそんな生活が楽しかった。それでも、親友のチェーザレ・ドナーティの家を訪ねたりはした。チェーザレはラークという名の美しいイギリス女性と結婚したばかりで、幼い娘のマヤを誇らしげに紹介してくれた。子供とはまったく縁のなかったアリストパネスだったが、チェーザレの娘にはひどく興味を引かれた。マヤは彼に両手を差し伸べ、抱き上げてほしいと懇願したのだ。彼は幼女の要求に応えたが、そのあとどうしたらいいのか、さっぱりわからなかった。

マヤはつぶらなブルーの瞳でアリストパネスを凝視し、数多くの外国語に通じている彼にも理解できない言葉で、何ごとか話しはじめた。彼は茫然とマヤを見返した。胸の中で奇妙な感覚が渦を巻いた。彼にとってマヤは謎だった。そして、彼は謎を――難解なパズルを愛していた。

子供について深く考えたことは一度もなかった。かりに考えたとしても、〝子供など欲しくない〟という結論にたどり着いていたはずだ。子供はスケジユールで管理できないし、そもそも子供のために割く時間などなかった。子供は多くのものを要求するが、彼にはそんな要求に応えている余裕もないのだ。

　だが、マヤとラークがチェーザレの人生を一変させたことは——しかも、よりよい方向に変えたことは、彼にも否定することはできなかった。彼の親友は幸福を手に入れたのだ。

　とはいえ、家族のいる人生は彼の望む人生ではなかった。

　アリストパネスは精神と知性を重んじる男だった。家庭には何の興味もなかった。

　一階のボタンを押すと、エレベーターは滑らかに降下を始めた。〈カツァロス・インターナショナル〉のニューヨーク支社は瀟洒な高層ビルで、その一階はひろびろとしたロビーだった。

　一階に着いたエレベーターを降りると、受付デスクのあたりから大きな声が聞こえてきた。視線を向けると、デスクに両手を突いて身を乗り出す女性の姿が見えた。受付係のカリーナに向かって、何ごとか早口でまくし立てている。

　小柄な女性だった。早春のニューヨークの季候に合わせ、分厚い黒のコートを着ている。コートの肩は雨に濡れ、三つ編みにした金褐色の髪が背中に垂れていた。

　カリーナは首を大きく左右に振り、エントランスの近くに控える警備員を身ぶりで呼び寄せた。

　このまま通り過ぎるべきだろう。受付で騒ぎを起こす女性のことなど、気にするべきではない。このビルは来訪者が多かったが、受付で追い返される者も少なくなかった。アリストパネスに会うつもりで来たのだとしたら、運がなかったとしか言いようがない。向こう一カ月分の彼のスケジュールは、すでに埋まっているのだ。

　しかし、結局彼は足を止めてしまった。理由は自分でもわからなかった。受付デスクの前の女性に目をやる。後ろ姿にも金褐色の髪にも、どこか見覚えがあった。彼は思い出した。メルボルンの夜を。ネルを。シルクのような髪をしたバーン＝ジョーンズの天使を。あの夜彼は、背後からネルの髪をつかみ、ベッドが揺れるほど激しく彼女を……。

黒いコートの女性が少しだけ振り返り、彼は息をのんだ。

彼女だ。

ネルなのだ。

だが、彼女はカリーナとの会話に集中しているため、こちらに気がついていないようだった。そのとき、カリーナのもとに二人の警備員が近づいてきた。ネルをビルの外に連れ出すつもりなのだ。

ネルの姿を見たとたん、彼の思考は完全に停止した。しかし、つぎの瞬間、一度止まった頭脳が光の速さで動きだした。

彼女はここにいる。ニューヨークに。ぼくの会社のビルに。ぼくに会いに来たんだ。だが、なぜ？一夜限りの関係だ、とぼくは言った。彼女もそれで納得したはずだ。ぼくは眠ったままの彼女を残して姿を消し、彼女も約束を守った。あれ以来、ネルは一度も連絡してこなかった。

しかし、状況は時間とともに変わるものだ。彼女がわざわざここに来たということは、何か緊急事態が発生したのかもしれない。

アリストパネスはあらゆる可能性を超高速でチェックした。ほどなく、あるひとつの答えが浮かび、彼は背すじに冷たいものが走るのを感じた。

あの夜、二人は妊娠を避けるために注意を払っていた。彼はコンドームを使ったし、彼女も恋人と過ごす夜のためにピルを服用していたのだ。

だが……。いまになって初めて気がついた。ドアの前での最初の行為――あのときは避妊をしていなかった。彼は欲望の虜だった。そこまで考える余裕がなかったのだ。

ピルも絶対確実なものではない。避妊に失敗する可能性も、わずかだがある……。

衝撃が体をつらぬいた。そして、何かが胸の中で燃え上がり、凄まじい炎となった。

彼女は妊娠したに違いない。だからここに来たのだ。それ以外に考えられない。ネルは受付のデスクの端を握りしめ、切迫した表情で言葉を重ねている。しかし、警備員が彼女の腕をつかみ、デスクから引き離そうと……。

「やめろ」アリストパネスは冷ややかな口調で言った。彼の声が広いロビーにこだまする。

デスクの周囲にいたひとびとは身を硬くし、こちらを振り返った。

ネル・アンダーウッドと目が合った瞬間、胸の炎はさらに火勢を増した。ネルが驚きに目を見開き、頬を紅潮させると、下腹部に欲望が兆した。二人で過ごした夜の記憶が脳裏に鮮やかに甦る。

アリストパネスは欲望をねじ伏せ、大股でネルに近づいた。「この件はぼくが処理する」警備員とカリーナに告げる。全員が本来の仕事に戻ると、彼はネルの顔を見た。「ぼくといっしょに来てくれ」

それは依頼ではなく命令だった。ネルに抗議の隙を与えるつもりはなかった。彼女の腕をつかみ、エレベーターに強引に導く。

「そんなことされなくても、言われたとおりにするわ」ネルは苛立たしげに言ったが、逆らいはしなかった。「乱暴なまねはやめて。わたしはあなたに会いに来たんだから」

「そうだろうと思っていたよ」彼は自分専用のエレベーターのボタンを押した。「だが、きみはアポイントメントを取っていなかった」

エレベーターのドアが開き、ネルとともに中に入った。ドアが閉まると、自分のオフィスの階のボタンを押す。

「ええ、アポイントメントは取らなかった」あまり近づきたくないと言わんばかりに、彼女はアリストパネスから数歩分の距離を取った。そんな彼女の態度が、なぜか彼の神経を逆撫でした。ネルが慌ただしく髪の乱れを整える。「受付の女性に言われたわ。一カ月先まで予定が埋まっているから、あなたに会うのは不可能だ、って」

「そのとおりだ」彼は真顔で答えた。それは厳然たる事実だった。「だが、ちょうどいま空き時間ができたところなんだ」もちろん嘘だった。クレアが彼を待っているのだ。しかし、いまはもうクレアなどどうでもよかった。

　ネルは瞳に警戒の色を浮かべ、頑固そうな表情で顎を前に突き出している。アリストパネスは思い出した。彼女の顎に触れたときのことを。彼女の肌が滑らかで温かかったことを。「どうして急に空き時間ができたの？」

「きみが現れたからだ」彼はネルの瞳を覗き込んだ。

「連絡はしないでくれ、とぼくは言ったはずだ」

「ええ、そうね。わたしだって連絡はしたくなかったのよ。でも……」彼女はため息をつき、唾を飲み込んだ。「どうしても話したいことがあるの」

　彼はネルの匂いを鼻に感じた。欲望をそそる、甘美な香りだった。胸中の炎はいまや眩いばかりに燃えさかっていた。このままではクレアとの待ち合わせに遅れる。しかし、彼はネルと同じエレベーターに乗っているのだ。別の女性のことを――ネル以外の女性のことを考えるのは不可能だった。

　だが、彼女がここに来た理由を忘れるな、とアリストパネスは自分に言い聞かせた。

　そう。それを忘れてはならない。

「わかっているさ。きみは妊娠したんだろう？」

なぜ気がついたの？　ネルは何とか肺を空気で満たそうとした。しかし、無理だった。アリストパネスのたくましい体躯が、エレベーターの狭い空間を完全に占有しているような気がした。

アリストパネスがどれほど美しいかを忘れたことはなかった。だが、彼がたまらなく魅力的な肉体の持ち主であることは忘れていた。ベッドをともにしてから、すでに三カ月が過ぎている。それなのに、ネルの体は勝手に反応を示していた。彼を迎え入れる準備を整えつつあるのだ。三カ月前のあの夜が、数日前のことであったかのように。彼女はいまでもアリストパネスを求めているのだ。

この三カ月は、まるでジェットコースターのように過ぎていった。妊娠が明らかになったときは衝撃に打ちのめされた。そのあとは、吐き気と倦怠感に襲われた。生まれてくる赤ん坊をどうしたらいいのか、という不安もあった。

もちろん、子供は産むつもりでいた。昔から欲しかったのだ。たしかに妊娠したタイミングは最悪だった。しかし、出産をあきらめる気は毛頭なかった。とはいえ、子供には父親と母親が必要だと彼女は信じていた。ネルは幼いころに両親を亡くした。そのせいで、悲しみに満ちた人生を送ってきた。自分の子供には、そんな苦しみを味わわせたくなかった。

だからこそ、妊娠したことをアリストパネスに知らせねばならない、と彼女は考えた。念のため、最初の三カ月は連絡は控えることとした。ところが、三カ月後にメールを送っても、電話をかけても、彼とコンタクトを取ることができなかった。業を煮やしたネルは、ニューヨーク行きのフライトを予約した。アリストパネスは一カ月ほどニューヨークに滞在するらしい。貯金はあまりなかったが、航空券と安ホテルの宿泊代くらいは支払うことができた。

どうやって話を切り出すべきか。ネルはその問題に頭を悩ませてきた。二度ときみに会うことはない、とアリストパネスは明言していた。そんな彼が〝子供ができた〟と聞かされて喜ぶはずがなかった。だが、事実は事実だ。彼に養育費を請求するつもりはなかった。けれど、父親として子供の人生に関わってほしかった。それだけが彼女の望みだった。

　こうしてネルは、気が遠くなるほど長いフライトに耐え、メルボルンからニューヨークにたどり着いた。いったい彼に何と言えばいいのだろう、と彼女は繰り返し考えつづけた。どんなふうに説明すればいいのか、と。ところが、アリストパネスは彼女が説明する前に、正解を言い当ててしまったのだ。

　ネルは濡れたコートを着たまま、狭いエレベーターの中で彼の銀色の瞳を凝視していた。アリストパネスの容姿の美しさをあらためて思い知らされた。記憶の中のイメージより、現実の彼のほうが背が高い。仕立てのいいダークグレイのスーツは、広い肩幅とたくましい胸を強調し、漆黒のシャツはネクタイと瞳の銀色を引き立たせている。もう少しましな服を着てくるべきだった、とネルは後悔に駆られた。彼女が身につけているのは、赤錆色の安物のワンピースだった。腹部が迫り出してきたため、伸縮性のある服を買わざるを得なかったのだ。

　しかし、いまさら悔やんでも手遅れだった。旅費で貯金の大半を使ってしまったため、見栄えのいい服を選ぶ余裕がなかったのだ。

　アリストパネスは彼女の全身に視線を走らせていた。ネルは身震いをした。エレベーターがどんどん狭くなっていくような気がする。息苦しさが押し寄せてきた。

「あなたは、事情を打ち明けるチャンスをわたしから奪ったわけね」苛立ちを隠すことができなかった。再会したばかりだというのに、彼女はすでに平静を失っていた。

　ベッドをともにしたあと、ネルは彼のことを考えないように努力した。〝ぼくたちは二度と会うことがない〟と彼は言い、ネルもそれに同意したからだった。ところが、妊娠がわかったとたん、あの夜の記憶が押し寄せてきた。

　この先、彼を欲しいと思うことはないだろう、とネルは考えていた。一夜限りの関係で充分だったのだから、と。だが、いま彼女は凍え、時差ぼけに苦しみ、怒りに駆られながらも、アリストパネスに触れたいと願っていた。彼の広い胸にてのひらを押し当てたかった。シャツのボタンを外し、素肌にキスをし、彼の味を舌に感じたかった……。

　アリストパネスは飢えたような目でこちらを見ている。そう、彼の目に浮かんでいるのは飢えだ。三カ月前もいまも何も変わっていない。アパートメントの狭い廊下に立っていたときと同じように、彼はこちらを凝視しているのだ。

　ネルは動揺を抑えようとした。苛立ちは何か別のものに――より荒々しい何かに変わりつつあった。心臓の鼓動が耳の奥で鳴り響いている。

　エレベーターの空気は緊張で張り詰めていた。

「ミスター・カツァロス」彼女は言った。

　アリストパネスは、ブリーフケースを唐突にエレベーターの床に置き、ネルに向かって足を踏み出した。彼女は思わず後ずさりをした。エレベーターの壁の手すりが背中にぶつかる。

　燃えるような彼の瞳を見るなり、狂おしい興奮が体を走り抜けた。

　ああ、彼はわたしを欲しがっている。

　アリストパネスは、彼女のかたわらの手すりをつかんだ。メルボルンのアパートメントの夜と同じように、ネルを左右の腕の中に閉じ込める。彼の体のぬくもりとアフターシェーブ・ローションの香りを、ネルは強烈に意識させられた。

彼女は興奮にわれを忘れた。アリストパネスと向き合うことによって、自分の体が冷えきっていることに初めて気がついた。

彼は動かなかった。ただ彼女を見つめていた。ネルは息もできなかった。心臓は狂ったような鼓動を繰り返している。

「やめて」彼女が震える声でささやく。だが、彼は指一本動かしていなかった。しかし、アリストパネスが何か行動に出たなら、ネルは敗北するだろう。しかし、負けたくはなかった。彼女の胎内には赤ん坊がいる。話し合わねばならないのだ……。

「〝やめて〟?」彼は鸚鵡返しに尋ねた。「何をやめろと言うんだ?」

ネルの呼吸は乱れた。アリストパネスが放つ官能の魅力はあまりに強烈で、考えることすらできなかった。彼は目の前に――数センチ先にいるのだ。

「いまあなたがしていることよ」ネルは喘いだ。

「これは……やめてちょうだい」

アリストパネスは彼女の顎をつかみ、顔を自分のほうに向けさせた。彼の瞳はあまりにも熱く、ネルは視線を逸らすことができなかった。

「三カ月だ」彼はささやき、ネルの唇に視線を向けた。「まる三カ月のあいだ、ぼくは女性と関係を持っていない。何もかもきみのせいだ」

「わ、わたしのせい?」

三カ月誰とも関係を持たなかった? そんなことがあり得るの?

「そうさ。きみのせいだ」アリストパネスの親指が彼女の唇を撫でる。「ぼくは女性たちと何度もデートを重ねてきたが、どの女性にも興味を持てなかった。働きすぎが原因だろう、と考えていた。疲れているのだろう、と。ところが、きみがいきなりこのビルに現れた。いまのぼくには、きみの服を脱がせること以外は何も考えられない」

彼の指のぬくもりはネルの全身に広がり、寒さと苛立ちを追い払った。自分が日射しを求めて懸命に向きを変える、向日葵のように思えてきた。

でも、あなたはセックスのためにここに来たわけじゃないのよ。頭の中でもう一人の彼女が声をあげる。忘れてしまったの？ あなたは話し合うためにここに来たはずよ。

そのとおりだった。だが、この数週間、彼女は重苦しい不安に悩まされてきたのだ。体調も万全とは言いがたい。何よりも、赤ん坊の未来が心配だった。しかし、アリストパネスは三カ月前と同じように情熱的に彼女を求めてきた。それが心地よかった。自分が美しく、セクシーな女性のように感じられた。いまのこの気分をもっと味わいたかった。

どうしてこの喜びに身を浸してはいけないの？ 現実からしばらく目をそむけ、すばらしいひとときをもう一度味わいたかった。出産と育児が人生のすべてになる前に、快楽に酔いしれたかった。

アリストパネスがどんな男性であるのかは、いまもよくわからない。だが、そんなことはどうでもよかった。彼女は初めて気がついたのだ。自分が彼の愛撫を恋い焦がれていたことに。

「それは……」ネルの視線は彼の唇に吸い寄せられた。その唇が肌に触れたときのことを思い出した。

「それは……ちょっとまずいような気がするわ」

「そんなことはない」アリストパネスは唇をさらに彼女に近づけた。「ぼくがきみと出くわしたのは、ひとに会うために出かけようとしたときだった」

「そうだったの？」ネルは喘ぐように言った。

「女性と会う予定だったんだ。きみのせいで夜のプランがだいなしになったのは、これが二度目だな」

彼にキスをしたくなった。これほど激しいくちづけの衝動に駆られたのは、生まれて初めてだった。

「運命かもしれないわね」

「運命なんてどうだっていい」押し殺した彼の声は愛撫のようにネルを刺激した。「エレベーターでセックスをするのがいやなら、そう言ってくれ」

荒々しい口調に彼女は心を奪われた。狂おしい欲望が理性を圧倒する。あの夜彼女は、アリストパネスの欲望に抵抗することができなかった。三カ月が経過したいまも、何も変わっていなかった。彼女は両手を上げ、左右の手で彼の頬を包み込んだ。彼を引き寄せ、唇を重ねる。

目も眩むようなキス。消し止めることのできない炎が空高く燃え上がる。

アリストパネスは喉の奥でうなるような声を漏らし、両手でネルの腰をつかんだ。彼女を抱え上げ、ヒップを背後の手すりにのせる。彼は少しふくらんだネルの腹に触れたかと思うと、ワンピースの裾をたくし上げた。彼女の膝を左右に押し広げ、そのあいだに体を差し入れる。

アリストパネスが太腿の外側を撫でると、彼女は息をのんだ。指が内腿に移動し、もっとも敏感な場所をまさぐる。ネルの体がわななくと、彼は満足そうな声をあげた。下着を引っ張って横にずらし、熱く濡れた脚の付け根を愛撫する。

アリストパネスの興奮の喘ぎが耳に心地よかった。悦楽の波が押し寄せ、全身の細胞を喜びで満たす。ネルは壁に預けた背中をそらした。

アリストパネスは頭を低くし、再び彼女にくちづけをした。唇を貪りながら、指でネルを焦らし、刺激する。ネルは身もだえし、彼の手の動きに合わせて体を揺すった。もっともっと欲しかった。

「どうしてほしいか言いたまえ」キスを繰り返しながら彼は命じた。「はっきり言うんだ」

ネルは三カ月前の夜を思い出した。あのときも彼は同じことをネルに求め、彼女はそのすべてに応えたのだ。

　そしていまもまた、彼の要請に応じるつもりでいた。

「わたしの中に入って」彼女はかすれ声で言った。

　アリストパネスは顔を上げた。銀色の瞳は燃えていた。「いま？　ここで？」

「そうよ。いま、ここで。お願い……」

　彼は躊躇しなかった。

　専用エレベーターの停止ボタンを押し、彼女に向き直った。乱暴にズボンを下ろし、欲望のあかしを解き放つ。彼女の腰をつかみ、荒々しく体を前に進める。甘やかな熱と大きく押し広げられる感覚に、ネルは思わず声をあげた。

　最高だった。完璧だった。寒気も疲労も吹き飛んだ。ここ数カ月でいちばん気分がよかった。だが、これだけでは満足できない。

　アリストパネスは彼女の奥深くまで沈み込むと、いったん動きを止めた。ネルは彼の目から決して視線を逸らさなかった。愉悦を味わっていることを表情で伝えるためだった。やがてネルは手を伸ばし、震える指で彼の顔に触れた。その感触にうっとりとした。温かく滑らかだ。しかし、無精髭でざらつくところもあった。

　メルボルンのアリストパネスは美しかった。だが、いまこの瞬間の彼もまた美しかった。

　アリストパネスがゆるやかなリズムで動きだした。ネルは身をよじり、背中をそらした。体の内側から熱が広がる。自分がどこにいるのかわからなくなった。彼女に理解できるのは、快楽がより深く、より大きくふくれ上がっていくことだけだった。

「どうして？」ネルはささやいた。彼の銀色の瞳に吸い込まれそうだった。「どうしてあなたはこんなにすばらしいの？」

「すばらしいのはきみのほうだ」アリストパネスが

またしても彼女の唇を奪う。ネルはもう何も考えることができなかった。

すべては消えた。燃えさかる快楽の炎を別にすれば、二人のあいだにはもはや何も存在しなかった。やがて、最後の業火が天に向かって荒々しく噴き上がった。炎は一面に火の粉をまき散らし、そして燃え尽きた。あとに残されたのは、わずかな熾火(おきび)だけだった。

ネルは彼の肩に頭をもたせかけて喘いだ。高鳴る鼓動が徐々に落ち着きを取り戻す。悦楽の余韻に彼女の体は震えていた。アリストパネスは動こうとしない。

いまは未来のことを考えたくなかった。

何も考えたくなかった。

彼女はお腹(なか)の赤ん坊の父親と体を重ねたのだ。再会を果たしたわずか数分後に。この先に何が待っているかは、彼女にもわからなかった。

5

アリストパネスは、スチールの壁にぼんやりと映るネルの背中を見つめた。自分の顔が映っていないのはありがたかった。どうせ愚かな顔をしているに決まっている。

肉体的な欲望のために、知性も自制心も放り出してしまったのだ。ただの愚か者だ。

彼は自分の行動に慄然としていた。この過ちを犯すのはこれが二度目だ。

ネルに会うたびに、ぼくは理性を失ってしまう。いったい彼女はどんな魔法を使ったんだ？　エレベーターが狭いのはまずかった。距離の取りようがなかった。甘く女性的なネルの香りを、彼はずっと意識させられていたのだ。

エレベーターに乗り込んだときから、アリストパネスの体内では熱い衝動が荒れ狂っていた。彼はその衝動に屈し、ネルを壁ぎわに追い詰め、自分のものにしてしまったのだ。

彼女との距離を詰めるべきではなかった。しかもネルはネルで、自分から手を差し伸べてきたのだ。彼の唇をみずからの唇へと導き……彼は自制心を失った。三カ月前の夜と同じように、欲望の虜に成り下がったのだ。

ここから先は、本来の予定に沿って行動するべきではないのか？　ネルを追い返し、クレアに会うのだ。だが……彼はクレアの顔も声も思い出せなかった。ぐったりしたネルを抱いたままで、そんなことが思い出せるはずがない。ネルは彼の肩に額をのせ、顔をシャツに押しつけていた。布地に触れる吐息はぬくもりに満ちていた……。

彼女はおまえの子供を妊娠している、と彼は自分に告げた。彼女を手もとに置いておけば、愛人たちとのスケジュール調整に追われることもない……。

そんな考えが脳裏をよぎった瞬間、アリストパネスの体は凍りついた。

いつでも好きなときに、彼女を自分のものにできるとしたら？　それなら、いまよりはるかに効率的なスケジュールが組める。しかもネルは、かならずぼくを満足させてくれるはずだ。

決して自分の子供を見捨てたりはしない、と彼はすでに心に決めていた。自分の母親のようなまねをするつもりはなかった。

父親になる方法はまるでわからない。しかし、それほど難しくはないはずだ。チェーザレは父親の役割を上手くこなしていたし、彼の幼い娘も幸福な日々を送っているようだ。もしかするとそれは、チェーザレの妻であるラークの力が大きいのかもしれない。いずれにせよ、子供には父親と母親が必要だ。アリストパネスには父親の記憶がなかった。だが、父親を捜したいとも思わなかった。自分の息子を捨てた男だ。どうせ母親と同じようなろくでなしに決まっている。

ネルは養育費を要求するためにここに来たのだろうか？　それはわからない。しかし、彼は経済的な支援をするつもりでいた。彼女は援助されることを拒否するかもしれない。だが、説得はできるはずだ。他人を説き伏せるのは得意だった。

ここに突っ立っていても意味がなかった。いまは話をするべきなのだ。それから、秘書たちに連絡をし、クレアに謝罪のプレゼントを贈るよう指示しておかねば。結局、今夜クレアに会うことはなさそうだ。スケジュールは再調整しなければならない。まず、彼の子供のために。それから、目の前の女性のために。

アリストパネスはネルから体を離した。ネルが抗議の声をあげると、満足感が込み上げてきた。

「ぼくたちは話し合うべきだ」彼はささやき、手すりから下りるネルに手を貸した。彼女の腹部のふくらみに視線が吸い寄せられる。そこに彼の子供がいるのだ。アリストパネスは服の乱れを整えた。「ぼくはすでに対応策を考えている」彼はボタンを押し、エレベーターを再始動させた。

「対応策？」ネルが尋ねる。

彼女の声は快楽の余韻でかすれていた。アリストパネスはその声に興奮をおぼえた。下腹部がまたしても硬くなる。

そうだ、これは絶対に解決しなくてはならない問題だ。欲望の芽を事前に刈り取るのか。それとも、欲望をとことん満たすのか。ふたつにひとつだ。

だが、ネルは妊娠している。自分の子供を見捨てるわけにはいかない。そうなると、欲望を満たす道こそが最良の選択肢だ。

彼はネルに向き直った。

彼女はワンピースのしわを伸ばしているところだった。彼女の豊満な肉体にどうしても目が奪われる。ネルを引き止めることができるのなら、高価なドレスを買い与えよう。それから、そのドレスを剥ぎ取るのだ。裸身をジュエリーだけで飾るのもいい。

ネルの頬は紅潮していた。彼が視線を向けると、さらに赤く染まった。

「いろいろ考えてみたんだ。きみのことと赤ん坊のことを」エレベーターが彼のオフィスのあるフロアに到着し、チャイムが鳴った。

彼女は目をしばたたいた。「わたしと赤ん坊のこと?」

エレベーターのドアが開いた。アリストパネスは彼女の手を握り、ひろびろとしたオフィスに足を踏み入れた。

オフィスはビルの最上階の一角を占める、仕切りのない空間だった。天井から床まである窓の近くには、デスクが鎮座していた。デスクの向かいには椅子が一脚。別の窓の前にはL字型のソファが置かれ、オフィス中央の巨大なホワイトボードには複雑な数式が書き込まれている。

アリストパネスが使っているのは、基本的にホワイトボードとデスクだけだった。それ以外の家具は気分転換のための道具にすぎなかった。

ネルを連れてデスクに近づく。握りしめた彼女の手は小さく、ぬくもりに満ちていた。デスクの向かいの椅子に彼女を導く。

「座ってくれ」

ほんとうは手を放したくなかったが、絡めた指を無理に解き、ネルを椅子に座らせる。彼女に手を触れずにいるのは難しかった。

ネルは椅子から彼を見上げた。ブラウンの瞳は鋭い光を放っていた。三つ編みからこぼれた髪が、頬のあたりでカールしている。その頬は愛らしいピンクに染まったままだ。彼女の両脚のあいだに潤いを感じたときと同じ満足感が、アリストパネスの胸に広がった。

ぼくはこの頬に指で触れたんだ。この瞳を欲望で曇らせたんだ。

彼の体を満たす満足感は本能的なものだった。しかし、いまは満ち足りた思いも、肉欲も頭から振り払わねばならない。

精神の器である肉体を軽んじるつもりはなかった。体調はつねに万全の状態を保ちたかった。とはいえ、頭脳を使うべきときに、欲望に集中を乱されるのは我慢がならなかった。

だが、子供がいたら集中を乱されるかもしれないぞ。

そんな思いが脳裏をよぎり、全身の筋肉がこわばった。いや、そんなことはない。ぼくはその程度で心が乱れるような男じゃない。

アリストパネスはデスクの奥にまわり込み、革張りの椅子に腰を下ろした。

「お腹(なか)の子はぼくの子だ。そうだろう?」

ネルは驚きに目を見開いた。しかし、すぐに険しい表情を浮かべた。「もちろんあなたの子供よ。あなたと一夜を明かして以来、わたしは誰とも関係を持っていないわ」

一瞬、二人のあいだに重苦しい空気が垂れこめた。気がつくと彼はネルの美しい瞳を凝視していた。三カ月前の夜の記憶がたちまち甦(よみがえ)る。彼女もあのときのことを思い出しているのだろう。瞳の色は陰りを帯び、口もとはこわばっていた。

彼女とはついさっき体を重ねたばかりだ。にもかかわらず、またしても欲望が込み上げてきた。血が沸騰し、欲望のあかしが硬くなる。沈黙がこれ以上長引いたなら、椅子に座っていられなくなるだろう。デスクを乗り越え、ライオンのように彼女に襲いかかるはずだ。

ネルは静かに息を吸い込んだ。「ミスター・カツァロス――」

「ぼくの家は世界中にある」欲望を遠ざけ、理性を保つために、彼は唐突に声をあげた。「好きな家を選び、そこで子供を育てるといい」

彼女は目をぱちくりさせた。「何ですって?」

「きみは赤ん坊といっしょにぼくの家で暮らすんだ。どの家でも構わない」

「いきなり何の話を――」

「経済的に苦しいのなら、そのあたりはぼくが面倒を見る」アリストパネスは自分を抑えるために、椅子の肘掛けをきつく握りしめた。「きみにも赤ん坊にも不自由な思いはさせない」

彼女の瞳から欲望の陰りが消え、険しい光が浮かんだ。「あなたといっしょに暮らせ、ということ?」

「いや、そういう意味じゃない」彼は説明することに慣れていなかった。説明など時間の浪費だと考えていた。だが、問題はこの欲望だ。彼は肉欲に襟首をつかまれていた。そのせいで、まともに頭が働かなかった。考えることが困難だと感じたのは、生まれて初めてだった。「ぼくは特に決まった場所で暮らしているわけじゃない。きみは好きな家を選んで、そこで子供を育てればいい、ということさ」

ネルは驚きの表情を見せた。「冗談でしょう? 本気で言っているの?」

彼は苛立ちをおぼえた。自分自身に。コントロールできない欲望に。そして、彼の理性を曇らせるネルの美しさに。

アリストパネスにとって精神は聖域だった。面倒なことがあっても、そこに逃げ込むことができる。そこでなら孤独や怒りからも解放される。精神は彼が支配する、彼だけの世界だった。この聖域は誰にも侵されたくなかった。

「もちろん、本気で言っている。きみのお腹にいる子供はぼくの財産の相続人だ。この子には母親が必要だ。だから、きみが子供のそばにいなければならない。それから、きみはぼくとベッドをともにしなければならない」彼は奥歯を噛み締めた。押し寄せる波と闘っているような気分だった。「これは絶対に譲れない条件だ。理解できたかい、ミス・アンダーウッド?」

広いデスクの向こうの男性を、ネルは茫然と見つめた。

彼は玉座に腰を下ろした国王のようだった。刺すような視線でこちらを見ている。燃えるようなまなざし。瞳は液化した純銀。彼女の全身はかっと熱くなった。

二人はエレベーターで狂乱のひとときを過ごしたばかりだ。本来なら欲望は静まっているはずだ。しかし、現実は違っていた。むしろ激しさを増していた。火に水をかけたつもりでいたが、それは水ではなくガソリンだったのだ。アリストパネスの炎で肌を焼かれたような気分だった。ネルの体はいまもなお彼を切望していた。

妊娠でホルモンのバランスが狂っているのか。再会のショックなのか。それとも、アリストパネスの魅力なのか。彼は情熱的な目でこちらを見る。飢えたようなまなざしだった。

あれから三カ月が過ぎたというのに。

ああ、わたしは視線を逸らすことができない。

彼の体からは緊張が感じられた。左右の手は椅子の肘掛けをつかんでいる。そこから手を放したら、自分は何をしでかすかわからない、と言わんばかりだった。

わたしのせいだ。何もかもわたしのせいなんだわ。

アリストパネスは彼女を求めていた。その事実がたまらなく心地よかった。これまでの彼女はありふれた女性にすぎなかった。ところがいまは、高層ビルを所有する大企業の経営者から、欲望の対象として見られているのだ。

この数カ月は、不安と恐怖と疲労に満ちた日々を送ってきた。それだけに、こんな思いが味わえたのは嬉しかった。メルボルンのあの夜、彼女は自分の力の限界を――自分がどこまで彼の心を搔き乱せるのかを、試していなかった。心と体の飢えを満たすことで精いっぱいだった。だが、いまは違う。今度は限界を試してみたかった。

冷静になりなさい、とネルは自分を叱咤した。彼はもう一度わたしと寝たい、と言っているだけなのよ。

ネルは深く息を吸った。彼は具体的に何を要求していただろうか？　わたしと子供が彼の家のひとつで暮らすこと。わたしが彼とベッドをともにすること。そのふたつが絶対に譲れない条件であること。

冷静に状況を把握したとたん、寒気が襲ってきた。欲望と熱気がたちまち吹き飛ぶ。

「わたしは……そういう話をするために、ここに来たわけじゃないわ」上手く声が出なかった。「お金が欲しいわけじゃないのよ」

アリストパネスは身じろぎひとつしなかった。秀麗な美貌には厳しい表情が浮かんでいる。「それなら、何のためにここに来たんだ？」

「理由はもう話したはずよ」

「ああ、妊娠したことを知らせるためだな。だが、それなら電話で充分だろう」

「あなたの電話番号がわからなかったのよ。誰に訊いても教えてもらえなかったし。それに……これは直接会って話すべきことだ、と思ったの」ネルは不安をおぼえ、膝の上で両手を握り合わせた。「子供には父親が必要だわ。だから、あなたに父親の役割を果たしてもらいたかったの」

彼の視線はネルの顔から髪へ、肩へ、そして胸のふくらみへ移動した。コートの前を引き寄せるべきだ。炎にこれ以上ガソリンを注ぐべきではない。しかし、体が動かなかった。

アリストパネスの欲望の激しさは、肌ではっきり感じ取ることができた。自分が美しく神秘的な女性のように——男性を意のままに操る魔性の女(ファム・ファタール)のように思えてきた。もしかすると目の前のこの男性なら、意のままに操れるかもしれない。

自分でも気がつかないうちに、ネルは椅子の背もたれに体を預けていた。コートの前が大きくはだけ、ぴったりとしたワンピースに包まれた曲線美があらわになる。

予想どおり、アリストパネスは彼女の体の線に視線を走らせた。ネルは全身が炎に包まれるのを感じた。

「ぼくは父親になるよ」彼は無造作な口調で言った。「何であろうときみが望む者になる。だが、ぼくとベッドをともにするのが条件だ。スケジュールの調整が必要になるが、何とか処理できるだろう」

ベッドをともにする、という提案は最高だわ。それはつまり——

あなたは何を考えているの？　頭の中でもう一人のネルが声をあげる。彼の言ったことがほんとうに理解できているの？　あなたはこんなことが目的でここに来たわけじゃない。お腹の赤ちゃんのために来たはずよ。

ネルは唇を噛んだ。わき上がる熱気をねじ伏せ、彼の話に意識を集中させようとした。たしかスケジュールの話をしていたような……。

「スケジュールってどういう意味？」

「毎日のぼくのスケジュールさ。ぼくにとって時間は貴重なものだから、分刻みで予定を組んでいる。その中には愛人たちと過ごす時間も含まれる。これから先は、赤ん坊やきみのための時間も付け加えるつもりだ」

衝撃が全身を駆け抜けた。高い地位にある人間は、おおむね仕事に追われている。スケジュールを組むのも当然だろう。しかし、愛人とのデートまで予定に入れるものだろうか？　いくら何でも非常識すぎる。

だが、アリストパネス・カツァロスは常識が通用しない人物だ。彼はあらゆる点において傑出している。銀色の瞳。深みのある声。強烈な存在感。投資家としての才能。巨万の富。大企業の経営者という地位。権力。平凡なところはひとつもない。

この男性こそが彼女の子供の父親なのだ。

わたしは喜ぶべきなんだわ。彼がお腹の子の父親だということに。わたしが彼の欲望を掻き立てていることに。

しかし、心の片隅では警報ベルが鳴り響いていた。たしかにアリストパネスの熱い視線は心地よい。彼とはすでに何度も体を重ねている。けれど、彼が赤の他人であることに変わりはないのだ。アリストパネスはさらに、ネルが彼の家のひとつで暮らすこと、彼女がセックスの相手としてスケジュールに組み込まれることを望んでいるのだ。

これが検討に値する提案と言えるだろうか？　わたしはエレベーターで過ちを犯し、官能の引力に屈服した。でも、二度と同じ過ちを繰り返してはならない。わたしのお腹には子供がいる。何よりも大切なのはこの子なのだから。

爪が肌に食い込むほど強く拳を握りしめる。この痛みが、熱くなった血を冷ましてくれるはずだ。

「そんな話はお断りよ。わたしは、あなたのスケジユールの一部になるつもりはないわ。あなたの家に移り住む気もない。そもそもわたしは、あなたのことを何も知らないのよ」

アリストパネスは眉間にしわを寄せた。「きみの主張は受け入れられないな」瞳の銀色の光はさらに鋭さを増した。

「どの部分が受け入れられないの?」

「すべてだ」

ネルは必死で怒りを抑えた。彼の目から視線を逸らさないようにした。彼女は一介の保育士にすぎず、アリストパネスは莫大な富と巨大な権力を誇る人物だ。だからといって、簡単に手玉に取られたくはなかった。ものごとは自分の思いどおりに運ぶ、と彼は考えているのだろう。しかし、彼の好きにさせるつもりはなかった。男性特有の頑迷さに対処する方法はわかっている。それは幼稚園の男の子たちから学んだことだった。成人した男性も男の子も本質は同じなのだ。

足場を固めて反撃し、主導権を握っているのが彼ではないことを理解させねばならない。

「別にどっちでも構わないわ。あなたがわたしの主張を受け入れようと、受け入れまいと。わたしがあなたに求めているのは、お腹の子の父親になってほしい、ということだけ。この子の人生に関わってほしいのよ」

「その話はさっき聞いた」

「念のためにもう一度繰り返したのよ。小さな男の子は、自分の聞きたいことしか聞かないものだから」

彼の表情がこわばった。「ぼくは幼稚園児じゃないぞ、ミス・アンダーウッド。いまここで、違いを証明してみせようか?」

熱いものがネルの背中を駆け下りた。是非とも証明してもらいたかった。彼女は心からそれを望んでいた。だが、彼の魅力に屈するわけにはいかない。セックスのためにここに来たのではない。アリストパネスとの行為は目も眩むほどすばらしかった。しかし、エレベーターの一件で彼女は思い知らされたのだ。彼に屈服するのは危険だ、と。

ネルは夫と家族が欲しかった。両親の死によって失われた家庭を、あらたに甦らせたかった。安心できる居場所を取り戻したかった。だが、アリストパネス・カツァロスにそれを期待するのは無理なのだ。

彼は想像を絶する富と権力の持ち主だ。彼女とは住む世界が違う。だいいち、彼は傲慢で不作法だ。アリストパネスのような男性は彼女を利用し、おもちゃにし、最後には放り出すだろう。そうに決まっている。

ネルは彼の視線を肌に感じながら、椅子の上で座り直した。彼の瞳の中では、あいかわらず炎が揺らめいている。しかし、そこには影が差しはじめていた。瞳の銀色は怒りで曇りつつあった。

「幼稚園児扱いされたくないのなら、子供みたいな振る舞いはやめてちょうだい。わたしはあなたと二度とセックスをする気はないし、いまのアパートメントを出るつもりもないわ」

「ぼくは大金持ちなんだ、ミス・アンダーウッド。それはわかっているだろう？　ぼくの家がどれも気に入らないのなら、きみのために新しい家を買ってあげよう。町をひとつまるごと買ってもいい」

「あなたに何かを買ってもらおうとは思わないわ」

「だが、きみはぼくが子供の人生に関わることを望んでいる。そうだろう？」

「そうよ。子供には父親と母親が必要だもの」

「父親と母親がいないと、子供は生まれないものだろう」

「そういう話じゃないことくらい、あなただってわかっているはずよ」

「いや、わからないな。きみはぼくが子供の人生に関わることを望んでいるんだろう？　だから、ぼくはここにいるんだ。関わりを持つために」アリストパネスは張り詰めた空気を身にまとっていた。緊張感が彼女の体にも伝わってくる。電撃でも食らったかのように肌がぴりぴりと疼く。

彼はデスクに肘を突き、身を乗り出した。

「結局のところ、きみは何が言いたいんだ？」

「わたしは自分の人生を変える気はないし、あなたの家に引っ越すつもりもないわ。わたしには仕事があるし、友だちだっている。いまのアパートメントを引き払う気もないわ」

「あんな狭い集合住宅のどこがいいんだ？」見下すように彼は言った。「ぼくの子供をあそこで生活させるわけにはいかない。セキュリティ面でも不安だ。そもそも、ぼくはメルボルンにはあまり立ち寄ることがないんだ。ぼくの家のどれかなら、きみも赤ん坊も安全だし、ぼくも頻繁に顔を出せる」

「いまの仕事を辞める気は――」

「ぼくが新しい勤め先を探してあげよう。別の仕事を見つけるのはそう難しい話じゃない」有無を言わさぬ口調だった。

「でも……わたしはあなたのことをよく知らないのよ。赤の他人も同然の男性といっしょに暮らしていけると思う？」

「赤の他人ではなくなればいいのさ」アリストパネスは椅子を背後に押しやり、立ち上がった。デスクを迂回すると、野生の獣を思わせる優美な身のこなしで、こちらに近づいてきた。

ネルの心臓は制御不能なリズムで鳴り響いた。腰を浮かそうとしたが、アリストパネスはすでに目の前にいた。彼は上体を傾け、椅子の肘掛けを両手でつかんだ。その顔には欲望の色がありありと表れていた。ネルの体はいまにも炎に包まれそうだった。

「ぼくなど欲しくない、と言ってみたまえ」低く荒々しい声だった。「ぼくとセックスしたいなんて夢にも思っていない、と」

息が詰まりそうだった。いい匂いがした。アリストパネスの体は熱を帯びていた。キスをしたかった。彼の服を剥ぎ取り、みずからも裸になりたかった。彼と肌を重ね、それ以外のことは考えられなかった。

「あなたなんて……欲しくないわ」彼女は弱々しい声で言った。

アリストパネスが顔を近づける。「嘘つきめ。いまこの瞬間も、きみはセックスのことを考えているはずだ。二人で過ごしたあの夜のことを。さっきのエレベーターでの出来事を。きみはもう一度あれを楽しみたがっている。もっと欲しいんだ。ぼくが欲しいはずだ」

彼の唇は目の前にあった。顔を少しだけ上に向ければ、キスができる。そうすれば、彼の唇をもう一度味わえる。自分は美しく魅力的な女性だ、という気分に身を浸すことができる。

アリストパネスは間違っていなかった。ネルは彼が欲しかったのだ。

「あなたは要求が多すぎるわ」欲望を抑え、かすれ声で言う。「自分のために、わたしの人生をすべて変えようとしている」

「どのみち、きみの人生は変わらざるを得ないんだ。ぼくの人生だってそうさ。今夜はいっしょに過ごそう。ぼくはこの欲望から解放されたいんだ。それができない限り、冷静な会話なんて到底無理だ」

考えが上手くまとまらなかった。彼がすぐ近くにいるせいだ。彼女の体はアリストパネスを欲していた。彼と夜をともにする……。悪い提案じゃない。欲望から解放されるべき、という彼の主張も間違っていない。たがいに相手に心を奪われた状態では、生まれてくる子供の話などできそうにない。エレベーターであんなことになったのも、おたがいに自分の欲望の強烈さを甘く見ていたからだ。

「帰りの飛行機の予約が……」

「それはぼくが何とかする」彼はネルにそっとキスをした。「何もかもぼくにまかせてくれ」

ネルの体はわなないた。たしかに彼は何とかしてくれるだろう。彼女が倒れ、頭を打ったときのように。彼は病院まで付き添い、医師を手配してくれた……。二人は赤ん坊について冷静に話し合わねばならない。しかも彼は、父親になるつもりはある、と言ってくれたのだ……。

「ぼくの提案を受け入れてくれ、ネル。そうすれば、赤ん坊が危険にさらされることはない。ぼくのそばにいればきみも安全だ。それは約束する」

その瞬間に緊張がほぐれた。彼のことはまだよくわからない。それでも、信じることはできる。メルボルンで頭を打ち、自分から彼に手を差し伸べたときのように。あのとき、心よりも先に体が彼を信じた。体は理解していたのだ。彼のそばにいれば安全だということを。

彼の言葉に嘘はない。信じてはいけない理由などないはずだ。

首筋に触れる彼の手は優しかった。触れられるたびに、体が生気を取り戻すような気がした。

ネルは顔を上げた。くちづけを返すと、彼は炎のようなまなざしをこちらに向けてきた。「イエスと言ってくれ。そう言ってくれれば、きみは望むものをすべて手に入れられるんだ」

彼の手は首筋を離れ、ゆっくりと下に移動し、ネルの胸をふくらみを包み込んだ。親指がふくらみの先端をワンピースの上から刺激する。

彼女は体を震わせ、アリストパネスの手に自分から胸を押しつけた。

わたしが望むものをすべて……。

だが、いまは彼のこと以外何も考えられない。

ネルは手を伸ばし、彼の黒髪に指を触れた。シルクのように柔らかかった。髪をつかみ、彼の頭を引き寄せる。

「イエス」彼女はささやいた。

「今夜、きみはぼくのものになるんだ」

「ええ」

アリストパネスは彼女にくちづけをした。

6

アリストパネスは寝返りを打ち、まぶたを開けた。昨夜のことは夢だったのではないだろうか？　そんな恐怖が心のなかばを占めていた。目を覚ますと、ベッドには自分しかいないのではないか。彼が夜をともにした女性は――美しくぬくもりに満ちたあの女性は、姿を消しているのでは、と。

だが、ネルはそこにいた。かたわらでぐっすりと眠っている。金褐色の髪が白い枕に広がっていた。シーツは腰まで滑り落ち、白い肩、腹部のふくらみ、優美な曲線を描く背中が見えた。

彼女は美しかった。たまらなく美しかった。

昨日、ネルは彼と夜をともにすることに同意してくれた。あのときアリストパネスは、彼女をオフィスの絨毯の上に押し倒したい、という狂おしい衝動に駆られたのだ。しかし、結局は断念した。セントラルパークを見下ろす高級アパートメントなら邪魔が入る心配はない、と自分に言い聞かせた。

こうして二人はアパートメントのベッドに雪崩れ込み、たがいの肉体を貪った。メルボルンの一夜と同じように言葉ではなく、愛撫と舌と悦楽によって会話を交わした。

その夜はすばらしい夜になった。三カ月前の夜さえも上まわった。

手を伸ばし、ネルに触れたかった。腹部の小さなふくらみを指でなぞりたかった。彼がこんな気持ちになることは珍しかった。愛人と夜を明かしたあとは、たいていはベッドから逃げ出したくなるのだ。ともあれ、ネルは時差ぼけで疲れている。もう少し寝かせてやろう。

しかも、彼女は妊娠している。

現実という名の矢がアリストパネスの胸をつらぬいた。そう、その事実が忘れられるはずがない。彼は父親になるのだ。

しかし、ネルのぬくもりと香りに包まれていると、考えること自体が難しくなる。何も考えずに情熱に身をまかせたくなるからだ。彼女を起こさないように静かにベッドを抜け出す。

昨日、ネルははっきり言っていた。いまの部屋を引き払うつもりはないし、メルボルンでの生活を捨てるつもりもない、と。彼女の気持ちは大切にしたかった。だが、なぜそこまで彼女の感情を慮るのかは、自分でもよくわからなかった。

眉間にしわを寄せ、バスルームに入る。シャワーの栓をひねり、熱い湯を浴びる。

やはり、ぼくが訪ねやすい場所に引っ越してもらおう。理屈から言えばそれが正しい選択だ。そのほうが彼女の面倒も見やすい。自分の子供はずっと同じ場所で――家と呼べる場所で育てたい。考えれば考えるほど、そんな思いが強まってきた。

かつては彼にも家があった。母親に捨てられる前の話だ。アテネの大きな屋敷。いつも遊んでいた庭。だが、思い出せるのはそこまでだ。彼がよく覚えているのは、里親から里親へとたらい回しにされたことだった。新しい家。新しい里親。いつしか、身を寄せた家の数すらわからなくなっていた。

自分の子供にあんな苦しみを味わわせるつもりはなかった。誰かと確かな絆を育みたいと願いながら、彼は孤独な日々を送っていた。しかし、彼の願いが叶うことはなかった。

やがて彼はその願いを捨て、自分に言い聞かせるようになった。何も望むな。何も欲しがるな、と。

だが、彼の子供はもっと幸福な暮らしを送るべきなのだ。

シャワーを浴び終えると、タオルで体を拭き、ズボンを穿いた。廊下を抜け、広いキッチンに入り、コーヒーを淹れる。

子供はぼくが顔を出しやすい場所に住むべきだ。それから、ネルに何かあったときのことを考えると、ぼく自身も同じ家か、すぐに駆けつけられるところで暮らすべきだ。親が一人しかいないのは、子供にとってリスクが高い。世の中にはひとり親の重圧に耐えられない人間もいる。ぼくの母親がそうだったように。

なぜ母は彼を捨てたのか？　その理由を理解しようと、必死で考えつづけた時期もあった。だが、それは永遠に解けないパズルだった。彼の母は親としての役割を、何の前ぶれもなく唐突に放棄した。幼いころのアリストパネスは母を愛していた。母も息子を愛していたはずだった。

いや、いまとなってはどうでもいいことだ。母に対する憤りは遠い昔に捨てた。彼の望みは、自分の子供が同じような目に遭わないことだ。そのためには、ネルを自分のそばに置かねばならない。彼女はこのプランを快く思わないだろう。だが、彼も譲歩する気はなかった。彼は仕事の拠点はヨーロッパ、日本、アメリカにある。南半球で暮らすわけにはいかないのだ。

小さなカップに濃いエスプレッソを注ぎ、リビングルームに視線を向ける。窓からはセントラルパークの緑が見えた。

エスプレッソを飲みながら、さらに考えをめぐらせる。

彼はその気になれば無慈悲な行動が取れる男だった。優しさだけでは、現在の地位を築き上げることはできなかった。しかし、ここは彼女の心を動かすような案を出すべきだ。金は役に立たない。そんなものは欲しくない、と彼女は言い切っていた。だが、打つ手は他にもある。

例えば、セックス。昨夜の営みで飢えは治まった。しかし、それは一時的なものにすぎない。ネルをメルボルンに帰したくなかった。何としても引き止めたかった。彼女は奔放で情熱的だ。結局は彼の誘惑に抵抗できないはずだ。

彼がネルを求めているように、ネルも彼を求めている。二人のあいだに働く官能の力を利用するのだ。彼女のために勤め口も探してやろう。彼女の友人関係に関しては……プライベートジェットを手配し、いつでもメルボルンに戻れるようにすればいいだろう。

これで彼女は提案を受け入れてくれるだろうか？

彼はエスプレッソをひとくち飲み、窓の外に目をやった。今後のスケジュールにネルとのデートを組み込むよう、秘書たちに指示しておこう。今朝のミーティングは午前八時から十一時に変更だ。そうすれば、彼女ともう少し時間が過ごせる。

ひとと話をするのは好きではないが、ビジネスの交渉は得意だ。彼の家で暮らすようにネルを説き伏せるのは、そう難しいことではない。何度か絶頂を味わわせれば、問題は解決するはずだ。

またしても欲望が込み上げてきた。エスプレッソを飲み干し、カップをテーブルに置く。窓に背を向け、リビングに移動したとき、不意にネルが姿を現した。

「わたし……」彼女は青ざめていた。足を前に踏み出したが、すぐによろめいた。

心臓を鷲づかみにされるような驚愕が襲ってきた。考えるより先に体が動いた。大股でネルに近づき、ウエストに腕をまわす。彼女の膝が折れ、倒れかかってきたため、慌てて抱きしめる。

「ネル、どうしたんだ？　具合が悪いのか？」

ネルは彼の胸に頬を押しつけた。瞳には恐怖の光が浮かんでいた。「わたし……出血している……」

衝撃が彼を打ちのめした。お腹の子が……。

いままで味わったことのない感覚が広がる。それは恐怖に似た何かだった。彼は必死でパニックを抑え、ネルを抱き上げると、窓辺のソファまで運んだ。アドレナリンが全身を駆けめぐるのを感じながら、彼女をそっとソファに下ろす。このままネルを抱いていたかった。何としても守りたかった。彼女を。子供を。

彼の子供を。

「何も言わなくていい。そのまま横になっていたまえ。すぐに助けを呼ぶ」ズボンのポケットから携帯電話を取り出すと、ネルが彼の手首をつかんだ。

「赤ちゃんを助けて」彼女の瞳には絶望の色があった。「お願い、この子を失いたくないの」

その瞬間、アリストパネスの決意は固まった。是が非でも子供を助けるのだ。そのためなら、天地だって動かしてみせる。太陽だって引きずり下ろしてやる。

「大丈夫だ」彼はネルの視線を受け止め、彼女を励ました。「ぼくが何とかする」

ネルの恐怖の表情が少しだけやわらいだ。彼女はうなずき、アリストパネスの手を放した。

十分後、医師が駆けつけ、ヘリコプターで彼女を病院に搬送する手はずを整えた。病院まで向かう途中、彼女はメルボルンの夜と同じように、アリストパネスの手を握っていた。病院の検査室に運ばれるときも彼の手を放さなかった。

アリストパネスの体はこわばっていた。胸はますます苦しくなった。医師はベッドの脇に腰を下ろし、ネルに言葉をかけて安心させると、超音波検査の準備を始めた。お腹の子が自分にとってリアルな存在ではなかった、という事実にアリストパネスは愕然としていた。彼にとって子供は抽象的な存在にすぎなかった。ネルに対する欲望に目が眩み、深く考えたことがなかったのだ。

医師はネルの腹部にジェルを塗り、超音波プローブを近づけた。画像が表示されると、脳天を一撃するようなショックが襲った。恐怖が喉を締め上げる。この子は生まれてこないかもしれない。

彼とネルは子供を失うかもしれないのだ。

アリストパネスはネルの手を握ったまま、モニターを凝視した。無力感がどっと押し寄せる。いまこの瞬間、彼にできることは何ひとつなかった。状況を変える力がないのだ。

彼は少年時代を思い出した。里親の家にソーシャルワーカーが現れたときのことを。また別の家に連れていかれ、新しい里親に引き合わされ、新しい家で暮らすことになるが、自分にはどうすることもできない、と感じたときのことを。

アリストパネスは奥歯を噛み締めた。精神の力を総動員し、恐怖を振り払う。彼の指をつかむネルの手にも痛いほど力がこもっていた。どうしてこんなふうに、すべてが急変してしまったんだ？　いま彼は大切なものを失いかけていた。なぜいままで、その価値に気がつかなかったのだろう？

何よりも重要なのは子供を救うことだ。彼はわが子を失いたくなかった。

医師はプローブの位置を何度か変え、険しい表情でモニターを凝視していた。ネルの顔は土気色だった。

「どうなんだ？」アリストパネスは尋ねた。「子供は大丈夫だ、と言ってくれ。頼む」

「何も問題はありません」医師は落ち着いた声で言い、プローブをもう一度ネルの腹部に向けた。「とりあえず、一人は大丈夫です」

アリストパネスは心から安堵をおぼえた。だが、つぎの瞬間、冷たい衝撃に打ちのめされた。「何だって？　〝一人は〟とはどういう意味なんだ？」

「もう一人いる、ということです」医師はさらにプローブを動かし、表情をやわらげた。「陰に隠れてよく見えなかったんです。でも、どちらも心音は安定していますし、問題はないようです」

ネルの顔色がさらに悪くなった。「〝どちらも〟ってどういう意味？」

医師はまず彼女に、それからアリストパネスに視線を向け、笑みを浮かべた。「知らなかったんですか？　赤ちゃんは二人います。双子なんです。おめでとうございます」

彼もネルも衝撃に言葉を失い、しばらく何も言えなかった。

「双子」ネルがつぶやく。「双子だったのね」

「そのとおりです」医師は二人にも見えるようにモニターの角度を変えた。「性別も確認しますか？」

アリストパネスはモニターをまじまじと見た。ふたつの小さな心臓が拍動を繰り返している。ネルも彼の手を握りしめ、画面を凝視していた。そのとき、二人の目が合った。

ネルが無言のままうなずくと、彼も医師にうなずきかけた。

「完璧な組み合わせですね」医師は言った。「男の子と女の子です」

つぎの瞬間、ネルは泣きだした。

数時間後、ネルはアリストパネスのアパートメントのソファにぐったりと座り込んでいた。カシミアのブランケットにくるまり、ぼんやりと絨毯を眺めながら胸中でつぶやく。もう、何が何だかわからないわ。

昨日の夜は、アリストパネスのことだけを考えていた。彼女の渇きは決して満たされることがなかった。繰り返せば繰り返すほど、いっそう彼が欲しくなった。アリストパネスもネルを貪り、彼女はすべてを彼に捧げた。

魔法のような一夜だった。目を覚まし、バスルームに向かったとき、子供のことは完全に頭から消えていた。アリストパネスのことばかり考えていた。

夢見心地でシャワーを浴びはじめたとき、彼女は初めて出血に気がついた。睡眠不足のまま熱い湯を浴びたせいもあって、その場で失神しそうになった。眩暈と吐き気をおぼえながらバスルームを出て、濡れた体で廊下を抜け、アリストパネスを探すためにリビングに入ったのだった。

そして、そこで力尽きた。

だが、彼はネルを抱き止め、たくましい腕でソファまで運んでくれた。一瞬、彼女は安心感に包まれた。しかし……。

そのあとの緊張に満ちた一時間のことは、思い出したくなかった。彼女は病院に運ばれ、検査を受けることになった。恐怖と不安で体は麻痺していた。アリストパネスの大きく、温かな手だけが心の支えだった。

子供を失いたくなかった。最悪の事態を想像するだけで、心が折れそうになった。

子供は元気だと知らされたとたん、安堵のあまりに眩暈がした。

子供が双子だと聞かされたときは衝撃を受けた。最初の超音波検査の時点では、そんな話は出てこなかったのだ。双子のいっぽうは、そのときは見落とされていたのだろう。

子供が双子だと聞かされて泣きだしたのは、いま思えば滑稽としか言いようがなかった。しかし、あのとき彼女は限界まで追い詰められていたのだ。

子供たちのために、いまは体を休めねばならなかった。ベッドで安静にしている必要はなかったが、行動には制約が課されていた。重いものを持ち上げてはならない。二十分以上立っていたり、歩いたりしてはならない。セックスなど論外だ。

ネルはいま、ひとつではなくふたつの命を胎内に宿していた。子供たちの健康は自宅の生活環境に左右される。だが、ここは彼女の家ではなかった。

どうしていいのかわからなかった。

メルボルンに帰ったほうがいいの？　けれど、この状態では働けない。面倒を見てくれる家族もいない。そうなると、残された道はひとつ。

アリストパネスの提案を受け入れ、彼の家で暮らすしかないのだ。

彼はオフィスでこの件について説明してくれた。しかし、内容はきちんと理解していなかった。そのすぐあとに欲望に押し流され、ろくに考えることができなかったからだ。

ネルはいまになって彼の提案を真剣に検討しはじめていた。

いまの仕事も、アパートメントも、メルボルンでの生活も、彼女は気に入っていた。ネルがパースの叔父と叔母の家を出たのは、十八歳のときだ。新しい街で新しい人生を始めるのだと心に誓い、メルボルンに移り住んだのだ。

子供のころから、ひとを助ける仕事に就きたいと願っていた。医大や看護学校に進めるだけの学力はなかったが、保育士の資格は手に入れることができた。

幼くして両親を亡くしたネルを愛し、慈しんでくれるひとびとはいなかった。彼女が働く幼稚園の子供たちには親がいたが、日中は誰かが見守らねばならない。彼女はその〝誰か〟になったのだ。

ネルは仕事を愛していた。辞めたくはなかった。だが、選択肢は限られている。お腹の子供を最優先で考えるしかないのだ。そうなると、アリストパネス・カツァロスの提案を受け入れるしかない。しかし、ほんとうにそれで大丈夫だろうか？　妊娠中はセックスができないのだ。彼は考えを改めるかもしれない。

ネルは絨毯から視線を上げ、アリストパネスを見た。彼は携帯電話に向かって何ごとか告げながら、部屋の中を意味もなく歩きまわっていた。彼が話しているのは英語とは別の言語のようだった。

先ほど彼女にソファに座って休むよう告げたアリストパネスは、何やら〝手配〟を進めているようだった。だが、ネルはただじっと座っているのが耐えられなかった。彼が何をしているのかが知りたかった。子供が双子だった、という事実を彼がどう捉えているか訊きたかった。

病院ではアリストパネスは険しい表情を浮かべ、全身に緊張をみなぎらせていた。それでもネルの手を優しく、しっかりと握りしめ、強く抱きしめてくれた。恐怖という名の荒々しい海流に翻弄されていたネルにとって、彼の手と抱擁は錨(いかり)のように感じられたのだ。

しかし、あのときアリストパネスの瞳には、深い不安の色がたたえられていた。彼も子供を失うことを恐れていたのだ。それを考えると彼女の気持ちも安らいだ。だが、子供が双子であることが明らかになったとき、彼はショックの表情を見せていた。

彼はほんとうに子供を望んでいるのだろうか？

彼女にもよくわからなかった。その点について、二人できちんと話し合ったこともない。昨夜は朝まで悦楽を分かち合ったが、彼女はいまだにアリストパネスのことをよく知らなかった。

今日の彼は、グレイのスーツに白いシャツというでたちだった。ジャケットを椅子の背もたれに掛け、シャツの袖をまくり上げ、日に焼けた腕をさらしている。アスリートを思わせる流れるような身のこなしを見るだけで、彼女の胸は高鳴り、息は苦しくなった。

これからどうなるのだろう？　何が起きるにせよ、彼女にとって納得のいくものではないはずだ。無力感に打ちのめされたり、人生をひっくり返されたりするのだろう。

こんなとき――つらい状況に直面したとき、両親が無性に恋しくなった。妊娠について母親と話し合いたかった。子供を持つ気構えを母に訊きたかった。けれど……それはできない相談だった。彼女には叔父と叔母しかいなかった。叔母は四人の子供を産んでいたが、夫の兄の娘にはまったく関心を示さなかった。

ネルはまぶたを閉じ、母の顔を思い出そうとした。しかし、記憶は曖昧だった。あまりにも遠い昔のことだった。思い出せるのは、香水の香りと温かな抱擁の感触だけだ。

胸が苦しくなり、喉もとに熱いものが込み上げてきた。だが、彼女は感情を抑えつけた。泣いて体力を消耗するわけにはいかないのだ。

そのとき、アリストパネスが携帯電話をポケットに入れた。「準備ができた」そう言い、ソファに近づく。

「準備って？」彼女は尋ねた。

彼はネルの前で足を止め、腕組みをした。「メルボルンには帰さない。少なくとも、ぼくたちの子供が生まれるまでは」

衝撃が体を走った。彼がここまで勝手なことを言いだすとは、思ってもいなかった。その声は威厳に満ちていた。他人に命令を下し、従わせることに慣れている人間の口調だ。

ネルはかっとなった。アリストパネスは彼女に何の相談もしなかった。何もかも勝手に決めたのだ。

彼女は辛辣な口調で言った。「それはずいぶんとご親切なことね。わたしの意見を完全に無視して、話を進めるだなんて」

「きみの意見を考慮するつもりはない。きみは子供たちを——ぼくの子供たちを妊娠しているんだ。何よりも重要なのは子供たちだ。だから、きみの面倒はぼくが見る」

怒りの炎がさらに激しく燃え上がった。もううんざりだった。「お腹の子はわたしの子供でもあるのよ。そもそもあなたは、いつから子供たちを最優先で考えるようになったの？」

「きみと寝たせいで、子供たちを失いかけたときからだ」

感情が高ぶり、彼女は立ち上がろうとした。「あなたが言いたいのは、わたしのせいで——」

アリストパネスは不意に腕を伸ばし、彼女を抱きしめた。一瞬、ネルは驚きのあまり身動きが取れなくなった。しかし、すぐに怒りがぶり返し、身をよじった。

「放してちょうだい！」

彼の腕に力がこもる。「暴れるんじゃない。お腹の子によくない」

彼女の怒りはまたたくまに消えた。彼の言うとおりだった。腹を立てたり、言い合いをしたりするのは医師の指示に反することだ。心と体を休めなくてはならないのだ。

深呼吸をし、気持ちを静めようとした。「わかったわ。でも、怒鳴り合いを演じたくないのなら、わたしを悪者にするのはやめて」

「きみを悪者扱いしたおぼえはないぞ」

「いいえ、あなたはわたしを悪者扱いした。子供たちを危険にさらしたのはわたしのほうだ、って言わんばかりだったわ」

「いや、あれは……そういう意味じゃない」彼は口もとをこわばらせた。「セックスのような無意味な行為のために危険を冒すべきじゃない、という意味だ」

「無意味？　あなたは昨夜のことをそんなふうに考えているの？」

「喜びに満ちた夜だった。だが、あれはこの世でいちばん重要なことじゃない」

彼女は胸の奥に痛みを感じた。たしかに喜びに満ちた夜だった。その点に関しては彼の言うとおりだ。しかし、あれは彼女にとって無意味な行為ではなかった。彼はネルに喜びを与えてくれたのだ。あんな経験は生まれて初めてだった。美しく、官能的で、特別な経験だった。彼女は大きく心を動かされたのだ。だが彼にとっては大きな事件ではなかったのだろう。重要なことではない、と言い切っている。

涙があふれてきた。そんな自分に腹が立った。彼にどう思われようと関係ないはずなのに。

叔父と叔母の家を出て以来、ネルは自分に言い聞かせてきた。他人にどう評価されようと、気にすることはない、と。あのころの彼女は、うんざりしていたのだ。他人の目を気にすることに。自分をよりよく見せるために努力することに。つねに不安に悩まされていることに。

にもかかわらず、ネルは傷ついていた。

わたしはばかだわ。彼が何を考えていようと、気にする必要なんてないというのに。

「その〝重要じゃない〟セックスで、わたしたちには子供ができたのよ」彼女は涙をこらえ、静かな口調で言った。「でも、〝喜びに満ちた夜〟と言ってくれたことは感謝しているわ」

アリストパネスは険しい表情で彼女を見た。不機嫌な顔をするといっそうセクシーになるのは、ひどくアンフェアなことのように思われた。「きみは疲れているんだ。この街に着いたときは時差ぼけだったし、ぼくは明け方まできみを眠らせなかった。きみは睡眠不足だったうえに、何度も仰天させられる羽目になったわけだからな」彼はネルをかるがると抱え上げ、廊下に向かって歩きだした。「きみは休むんだ。明日の旅行に関しては、ぼくが準備をすませておく」

どうやら彼は、今後の計画のごく一部しかネルに説明していなかったようだ。「旅行?」

「ギリシアに島をひとつ持っているんだ。静養にはうってつけの場所だ。万一に備えて医者も滞在させるつもりだ」

たしかにアリストパネスなら、ギリシアに島のひとつくらい持っていても何の不思議もない。

ネルは彼をにらみつけた。「ギリシアに行く気があるかどうか、わたしに訊こうとは思わなかったのね?　あなたが一人で決めたのね?」

「アテネでミーティングがあるんだ」彼はネルを抱いたまま寝室に入った。

「ギリシアに行きたくない、とわたしが言ったらどうするつもりなの？　ここに残りたい、と言ったら？」

寝室は広かった。壁ぎわのベッドは昨夜の営みのせいでシーツが乱れていた。

「きみの意見に耳を貸すつもりはない。重要なのは子供たちが無事に育つことだ」

ネルはまたしても傷ついた。叔父と叔母にとって彼女は、特に望みもしなかった余計者だった。しかし、幼稚園の上司のサラから見れば、彼女は替えの利かない保育士だった。園児たちもネルを慕っていた。彼女がいなくなり寂しがっているはずだ。子供たちにとってネルは大切な存在なのだ。

いまの彼女は胎児を育てるための機械も同然だった。家の中の邪魔者にすぎなかった子供のころの記憶が甦る。そんな扱いには耐えられなかった。にもかかわらず、何よりも子供が大切だ、という彼の主張は間違っていないのだ。

「あなたの言うとおりね。でも、子供たちが無事に育つためには、母親の幸福も重要よ」アリストパネスがネルをベッドに下ろすと、彼女は言った。「わたしを赤ん坊の入れ物として扱うつもりなら、わたしを幸福にすることはできないわ」

「きみは単なる入れ物じゃない」彼はまだあまり目立たない腹部のふくらみに手を触れた。

驚愕がネルの体をつらぬいた。愛おしむような手つきだったからだ。彼がそんな態度を取るとは思ってもいなかったのだ。

「すねないでくれ、ネル」

「すねてなんかいないわ。あなたが不作法で横柄なだけよ。わたしたち、話し合うんじゃなかったの？　わたしはそのためにこの街に来たのよ。それなのに、あなたは何もかも一人で決めてしまった」

アリストパネスは無言だった。そのとき、ネルは突如として気がついた。彼は自信に満ちた態度を取っているが、実は途方に暮れているのではないだろうか？　もしかすると、自分が途方に暮れていることすら理解していないのかもしれない。彼は部下たちの指揮を取り、会社のために決断を下す人生を送ってきた。ベッドでも権力者として振る舞おうとしていたが、ネルはそれに屈することなく、同じレベルの情熱をもって彼に向き合った。ベッドの中では、二人の関係は完璧にバランスが取れていたのだ。

　だが、ひとたびベッドを出ると、すべてが変わった。アリストパネスは決して譲歩しなかった。彼女の官能の力もまったく効果を示さなかった。

　ネルはため息をついた。ここで議論をしてもどうにもならない。そもそも喧嘩（けんか）はしたくなかった。それだけのエネルギーもない。彼女が幼稚園児やその両親から学んだことは、相手と正面からぶつかってもかならずしも問題は解決しない、ということだった。

　別の解決策を探すほうがいい場合もあるのだ。

「言いすぎたのなら謝るわ。でも、何もかもショックだったのよ。あなたと話し合うつもりだったけど、ベッドをともにするつもりじゃなかった。わたしが妊娠したことをあなたがどう受け止めるかもわからなかった。そのあと流産の危険にさらされ、子供が双子だということを知らされ……。いろいろなことが起こりすぎたのよ」

「ああ、たしかにそうだな。ぼくたちが難しい状況に直面していることは、認めざるを得ない。だが、ぼくのスケジュールは向こう一カ月間、完全に埋まっているんだ。きみと子供たちのために時間をひねり出すことは難しい。だから、きみをギリシアに連れていくことにしたんだ。これならぼくもきみのもとを訪ねることができるし、すべて上手（うま）くいっているかどうか確認できる」

　彼は最低限の説明をしてくれたようだが、それでも不充分に感じられた。あいかわらずスケジュールにこだわっている。けれど、ある程度の変更はできるのでは？

「どうしてわたしはメルボルンに帰れないの？　あなたは会社の最高経営責任者(CEO)なんだから、スケジュールくらい自分の好きなように変えられるんじゃないの？」

「時間は浪費したくないし、効率の悪い仕事の進め方もしたくないんだ。メルボルンは不便すぎる」

「そもそもわたしに会う必要ってあるの？　自分に子供がいることをあなたが知ったのは、つい十二時間前のことなのよ。それに、わたしたちはセックスができない。わざわざわたしを訪ねる意味がどこにあるの？」

「流産の危険が迫ったとき、ぼくは子供たちが何よりも大切だと思ったんだ。その気持ちに嘘(うそ)はない。病院の検査室でモニターを見た瞬間に、ぼくの心は決まったんだ。きみが言ったように、子供たちが健康であるためには、母親が健康でなければならない。だから、元気に暮らしているかどうか確かめるために、ぼくはきみのもとを訪ねるんだ」

　ネルの心に開いた傷口はさらに大きく広がった。だが、彼女はそんな自分の感情の揺れに苛立(いらだ)ちをおぼえた。彼が訪ねてくるのは、わたしが彼の子供の母親だからだ。わたし自身に会うためじゃない。でも、それが何だというの？　どうしてそれ以上のことを望むの？　わたしと彼は二度夜をともにしただけ。その二度の経験が、わたしの世界を完全に変えてしまったのだとしても。

「つまり、あなたは少しだけ顔を出して、すぐに帰るということね」

「ああ、そうなるだろうな。それが仕事場の近くにきみを置いておきたい理由のひとつだ。無駄な会話に時間を費やしても意味はないからな」

ネルは口を開けようとした。〝あなたは最低のひとだ〟と言ってやりたかった。しかし、全身から不意に力が抜けた。とにかくいまは眠りたかった。

「わかったわ。あなたは忙しいひとだものね。わたしのことは心配しないで。大丈夫だから」

アリストパネスは眉間にしわを寄せた。「だが、きみは何か——」

「お願い、一人にして。わたしは眠りたいの」

彼は何か言おうとした。だが、気が変わったらしく、ネルにうなずきかけた。それから彼女に背中を向け、寝室を出ていった。

7

ヘリコプターの回転翼の動きがゆるやかになると、アリストパネスは機体のドアを開けた。ネルよりも先に外に出て、降りようとする彼女に手を貸す。

ヘリはイタソス島のヴィラにほど近いヘリパッドに、ちょうど着陸したところだった。イタソスは紺碧のエーゲ海に浮かぶ緑豊かな小島だった。

この島のヴィラは、彼のお気に入りの持ち家のひとつだった。来週のスケジュールを考えると、最高の立地だ。ネルにとっても望ましい場所だろう。彼女が慣れるまでは、アリストパネスもここで時間を過ごすつもりでいた。午後からはヴィラと島を案内する予定だった。

出産までこの島で暮らすというプランを、彼女が歓迎していないことは明らかだった。だが、それが最良の選択であることは疑いの余地がない。彼はネルをメルボルンに帰したくなかった。彼女があの街でどの程度のサポートを受けられるかが、わからないからだった。スケジュール的に言って、彼がネルに付き添うことも不可能だ。つまり、彼女をギリシアに同行させることこそが、もっとも論理的な解決方法なのだ。

議論など時間の無駄だ。プランはすでに決めてあるのだ。

流産の危険があったあの日、彼は自分の心にひどく脆い箇所があることに気づいた。そして、自分にとって子供たちが、どれほど大切な存在であるかを思い知らされた。

ニューヨークを発つ直前にはチェーザレに電話し、ネルが妊娠したことと子供が双子であることを告げた。チェーザレは楽しげに話を聞いていた。しかし、アリストパネスには、この話に笑える要素があるとはとても思えなかった。彼は本気でネルを守るつもりでいた。これほど何かに本気になったのは、生まれて初めてだ。彼にとって子供たちは、もはや抽象概念でもなければ、解決すべき難問でもなかった。命とは尊いものだ。子供たちを二度と危険にさらしたくなかった。子供たちを守るためなら、どんなことでもするつもりでいた。それがネルの不満につながることだったとしても。

だが、そこまでネルに冷淡になる必要はなかったはずだ、と頭の中でもう一人の彼が言った。

アリストパネスは不安をおぼえた。ニューヨークを発って以来、ずっとこの不安に悩まされていたのだ。必要以上にネルにきつく当たっていたのは事実だ。そう、冷淡と言っていいだろう。

例えば、子供たちの健康に比べればセックスは無意味だ、と口を滑らせてしまった。あのとき彼女は、傷ついたような表情を見せていた。彼女のもとを訪ねるのは、彼女と子供たちの健康を確認するためだ、と言ったときもそうだった。

　自分の言葉がネルに苦痛を与えている、という事実に彼は困惑していた。ネルはお腹(なか)の子供たちのためではなく、彼女のためにぼくが訪ねることを望んでいるのか？　だが、それはおかしい。彼女は何度も言ったはずだ。〝わたしたちは赤の他人だ〟と。ぼくは彼女について何も知らず、彼女もぼくのことを何も知らない。

　それに、ぼくは大金持ちだが、彼女は幼稚園の保育士にすぎない。ぼくと彼女がいったい何の話をするというんだ？　セックスだけがぼくたちの共通言語だ。しかし、それが禁じられたのなら、健康状態の確認以外に訪問の理由もない。

　だが、自分が努力するべきじゃないのか？　自分たちには話すことは何もない、とどうして断定できる？　自分から会話を持ちかけたことなんて、一度もなかったはずだ。

　そんなことを考えているうちに、憂鬱になってきた。ネルの瞳から感情を読み取ることはできなかった。ニューヨークを出たときから、ずっとそうだった。そんな彼女を見ていると、胸が痛くなった。ぼくはどこかで間違いを犯したのだろうか？

　ネルの顔は青ざめ、目の下にはくまができている。彼女が身にまとっていたのは、黒いパンツとエメラルド・グリーンのセーターだった。服のせいで瞳の色がいっそう濃く、金褐色の髪がいっそう鮮やかに見えた。

　ヘリコプターから降りるときに、ネルの腰に触れたため、欲望の炎は燃え上がっていた。彼女は温かく、柔らかかった。できるものなら、彼女の太腿のあいだに手を忍び込ませたかった。

しかし、それは許されないことだった。子供たちを危険にさらす行為だったからだ。結局、アリストパネスは自分自身に大きな犠牲を強いることになった。彼は欲望をねじ伏せねばならないのだ。とはいえ、子供たちが生まれれば、また新たな判断を下さねばならないだろう。すでにプランをいくつか考えてはいたが……。

「イタソスにようこそ」ネルをヘリパッドの外に連れ出すと、彼は言った。

彼女は警戒の表情を浮かべた。口もとはこわばっている。「ありがとう、ヴィラを貸してくれて」

ネルはあいかわらず彼と距離を置いていた。彼の我慢も限界に近づいていた。ベッドの中の彼女は奔放で情熱的だった。ブラウンの瞳を興奮と欲望にきらめかせていたのだ。

それがいまは……。彼女は目を伏せ、顔をそむけている。自分の殻に閉じこもっているのだ。潮風に吹かれ、ネルの髪が揺れた。彼女に触れたい、という衝動がまた押し寄せてきた。乱れた髪を整えてやりたかった。彼女の目を覗き込み、なぜ自分の殻に閉じこもるのか、と問い詰めたかった。

かつての彼は他人の考えに興味のない男だった。だが、いまは彼女の気持ちが知りたかった。気がつくと、彼はネルを凝視していた。

また風が吹き、彼女の髪のひとふさがアリストパネスのスーツの袖をかすめた。彼は思った。ぼくたちの子供は、彼女から金褐色の髪とブラウンの瞳を受け継ぐのだろうか？　それとも、目の色はぼくと同じグレイなのか？　母親似の愛らしい子供たちになるのか、それとも……？

ぼくのような心が死んだ人間になるのか？

彼は奥歯を噛み締め、不穏な思いを頭から振り払った。なぜこんなことを考えているのかがわからなかった。ぼくの心は死んでなどいない。ぼくは感情の抑制を重んじているだけだ。心が死んでいるわけじゃない。

子供たちに心がないはずがない。感情豊かなネルの血を引いているのだ。

しかし、彼女は子供たちを捨てるかもしれない。ぼくの母親がぼくを捨てたように。

アリストパネスは彼女の腕に自分の腕を絡ませ、不条理な恐怖をねじ伏せようとした。

子供たちは大丈夫だ。ネルは最高の母親になるはずだ。何と言っても、彼女の仕事は幼い子供たちの面倒を見ることなのだ。

二人は小道を抜けるとオリーブの森、レモンの木立、ラベンダーの茂みにかこまれたヴィラに向かった。ヴィラそのものは白い漆喰塗りの建物だった。海に面した部屋がいくつもあり、広いテラスは蔦に覆われている。翼棟のひとつの脇にはプールがあり、プールサイドには椅子が並んでいる。ネルの部屋はプールの近くにしよう、と彼は思った。暑いときは涼むことができるし、軽い運動も楽しめるはずだ。

ヴィラに入っても、彼女は黙ったままだった。ハウスキーパーを初めとするスタッフをネルに紹介する。スタッフが荷物を運び入れるあいだ、彼はネルのためにヴィラを案内することにした。医師の指示に従い、二十分以内に終わるように注意した。

最初はバルコニーに隣接した大広間。それから階段を下り、客用の翼棟に向かう。プールに隣接する寝室は広く、付属のバスルームもゆったりしていた。

ネルはベッドの脇の窓に近づき、紺碧の海に目をやった。ヘリパッドを出てから、彼女は一度も口を利いていない。

彼は苛立ちをおぼえた。彼女は寝室が気に入ったのか？　それとも、趣味に合わない？　別の部屋のほうがいいのだろうか？　この島の感想も訊きたかった。だが、そんな自分に違和感もおぼえた。どうしてそれが気になるんだ？　本来ぼくは他人の意見に興味を持たない男だ。いや、違う。何もおかしくはない。〝子供たちのこと考えるなら、わたしの幸福も大切だ〟とネルは言っていた。つまり、ぼくは彼女の面倒も見なければならない、ということだ。

　しかし、物質的な幸福だけではだめだ。心理的な幸福も必要だ。

　心理的な幸福。それもかつての彼とは縁のない話だった。飛行機の中では妊娠に関するさまざまな論文に目を通した。それによれば、胎児は母親の感情の影響を受けるという。母親の気分が沈んでいれば、お腹の子にも悪い影響が及ぶということだ。

　ネルや子供たちをそんな目に遭わせたくなかった。

「この部屋でいいかい？」彼は尋ねた。

　彼女は窓の外に目を向けたまま振り返ろうとしなかった。「ええ。すてきなお部屋ね」

　優美な曲線を描くネルの背中を見ているうちに、鬱屈した思いが込み上げてきた。ぼくがこれだけ手を尽くしたというのに、こんな態度を取るのか？　ろくに返事もしないのか？

　だが、驚くようなことか？　もう一人の彼が嘲る。おまえは彼女の望みを残らず否定したんだぞ。

　記憶が甦る。子供の健康を確かめるためだけに訪ねると告げたとき、ネルは傷ついたような表情を見せたのだ。ぼくと彼女はおたがいをよく知らないが、しかし……赤の他人ではないはずだ。ぼくはネルの体のあらゆる場所に触れた。彼女の感触も、味も、悦楽の喘ぎも、頂点を極めたときの表情も知っている。彼女のくちづけも、愛撫も……。

　だが、ネルの心は知らなかった。そこまで理解するべきではないのか？　彼女はぼくの子供たちの母親になる女性だ。ぼくは彼女と二人で子供たちを育てるのだ。

「何か食べるかい？」彼は尋ねた。他に言葉が出てこなかった。とにかく会話のきっかけが必要だ。

「いいえ、いらないわ。ありがとう」やはり彼女は振り返らない。

「少し休んだほうがいいんじゃないか？」

「そうね。わたしもそう思うわ」

アリストパネスは唇を噛んだ。それ以上何を言っていいのかわからなかった。彼にとって言葉は壁だった。いつも目の前に立ちふさがる壁。不完全で曖昧な道具。セックスを別にすれば、彼は自分を表現する方法を持ち合わせていなかった。

セックスが禁じられていなければ、ネルとのあいだの距離を埋めることもできたはずだ。彼女を抱きしめ、貪欲にキスをし、ありったけの快楽を与えていたはずだ。

しかし、それは許されないことだ。

自分自身に怒りと苛立ちをおぼえながら、アリストパネスはその場に立ち尽くしていた。すると、ネルが振り返り、冷ややかな口調で言った。「ところで、あなたはいつまでこの部屋にいるつもり？」

「何か必要なものはないのか？　それを確かめたかったんだ」苛立ちがさらに募った。どうしてぼくは、こんなピントの外れた、ばかげた台詞を口走っているんだ？　いつものぼくは、こんなことを言う男じゃないはずだ。

「何もないわ」

「このヴィラは気に入ったか？」

「すばらしいヴィラね、ミスター・カツァロス」彼女の声は氷のように冷たかった。

「アリストパネスだ」彼女はもう二度とぼくをファーストネームで呼んでくれないんだ。そのことに不意に気づき、彼は荒々しい声で言った。「ミスター・カツァロスと呼ぶな。ぼくは子供たちの父親なんだぞ」

彼女の瞳に怒りの火花が散った。

「あなたをアリストパネスと呼ぶつもりはないわ。だって、ばかげているもの。それに、名前としては長すぎるわ」

「そんな言い方は――」

「だったら、ディランと呼ぶわ。わたしの幼稚園でいちばん手に負えない男の子の名前よ」

「〝ディラン〟は納得がいかないな」彼は歯ぎしりをしながら、腹立たしげに言い返した。

ネルが小首を傾げる。そのとき、彼は気づいた。彼女の瞳には怒りだけではなく、どこか楽しげな光が浮かんでいることに。「それなら、熊ね。二番目に手に負えない子よ」

「ベアだって？　きみの幼稚園には、ベアというあだ名の園児がいるのか？」

「そうよ。ありがとう、ベア。話はこれで終わりよ」

アリストパネスが眉間にしわを寄せ、不機嫌そうな表情を見せると、ネルの胸はすっとした。並外れた権力と富を誇るこの男性を、絶句させることに成功したのだ。

いい気分だった。強引に連れてこられたこの島で、アリストパネスを苛立たせることができたのだ。

何を言っても彼の心を動かすことはできない、とネルは思っていた。アリストパネスはわたしに興味がない。自分の子供たちの母親である、という点を除いては。ずっとそう考えていたのだ。

寝室まで案内してくれたのだから、彼はすぐに姿を消すだろうと思っていた。ところが、彼は出ていかなかった。それどころか、ヴィラは気に入ったかとか、何か食べたいものはないかとか、どうでもいいような質問をしてきた。しかもネルが質問に答えても、部屋を去ろうとしなかった。

自他ともに認める投資の天才が、やたらとピントの外れた質問を繰り返すのが妙に愉快だった。そのせいで、冷えきっていた心が少しだけぬくもりを取り戻した。結局はこのひとも普通の男性なんだわ、とネルは思った。完全無欠なわけじゃない。

「ベアと呼ぶのはやめてくれ」彼はうなるように言った。

「どうして？　あなたはいつも、うなり声をあげているわよ」

アリストパネスは憤怒(ふんぬ)の表情を浮かべた。「そんなことはない」

さすがにこれで部屋を出ていくはずよ、とネルは思った。しかし、彼女の予想は外れた。あいかわらずアリストパネスはその場から動こうとせず、彼女を刺すような目で見ている。出ていきたくないのね、とネルは思った。何か話したいことがあるんだわ。

彼女はアリストパネスを見た。何が言いたいのかしら？　言いたいことはあるけれど、言い方がわからない、とか？　女性と話をするのは嫌いだ、と言っていた男性とは思えない。でも、彼の愛人は頭のいいひとたちだったはず。知的な会話のできる女性たちだったのだろう。もしかして、彼はごく普通の世間話ができない男性なのでは？

「子供のころ、あだ名とかなかったの？　誰からもアリストパネスと呼ばれていたの？」

「ぼくをあだ名で呼ぶ人間は一人もいなかった」

「一人も？　ご両親も含めて？」

「ぼくは里親に育てられた。同じ里親の家で長く暮らすことがなかったから、あだ名で呼ばれることもなかった」

彼女は衝撃を受けた。彼が自分の過去を話すとは、思ってもいなかったのだ。

「ごめんなさい、こんな話になってしまって。わたしも両親を亡くしているの。里親ではなく、叔父と叔母に育てられたんだけど」

「幸運だったな」

　ネルは首を左右に振った。「そうでもなかったわ。叔父たちには四人の子供がいたから、わたしはあまり歓迎されなかったの。そもそも、どうして叔父と叔母がわたしを引き取ったのかも、よくわからないのよ。わたしの父に借りがあったからだ、と叔父は言っていたけれど、どうしても引き取りたかったわけではなかったようね。叔母もあまりいい顔はしていなかったわ。わたしは叔父の家では無視されていたのよ」

「無視されていた？　どうしてだ？」

　彼女は肩をすくめた。「とにかく、無視されていたのよ。いとこたちはみんな背が高くて、髪はブロンドだった。スポーツが得意で、勉強もよくできた。でも、わたしは……あまりぱっとしなかった」

「それで、どうなったんだ？」

「どういう意味？」

「そういう家庭環境が、きみにどういう影響を与えたんだ？」

　先ほどまでの質問とは違い、彼はほんとうに知りたがっているようだった。鋭い目でこちらをじっと見ている。

「自我を確立しよう、と考えるようになったわ。医者か看護師になりたいと思ったの。でも、わたしは頭があまりよくなかった。結局、子供のころからひとの役に立ちたいと考えていたから、保育士になろうと決めたわ。それで資格を取って、勤め先を見つけた。あとはあなたも知ってのとおりよ」

　こんな不思議な話は聞いたことがない、という顔で彼はこちらを見ていた。「どうしてだ？　なぜきみは自分の頭がよくない、と考えたんだ？　なぜきみは子供の面倒を見ようと思ったんだ？」

「やっとまともな会話になったわね」思わずそんな台詞が飛び出した。少し彼をからかってみたくなった。「いまわたしたち、まともな会話をしているのよね？」

「何がそんなに面白いんだ？」

「あなたって、笑ったことがあるの？」

「笑いたくなるほど面白い経験をしたことは、いままで一度もない」

ネルの呼吸は止まりかけた。彼の表情が真剣そのものだったからだ。「悲しい話ね」

彼の瞳に何か光が閃（ひらめ）いた。だが、つぎの瞬間にはそれは消えていた。「質問に答えてくれないか」

「いとこたちに比べると、勉強ができなかったからよ。いとこたちは全科目A評価だったけど、わたしはCかBだった。他人よりも得意なことも特になかったわ。だから、医師や看護師にはなれない、と考えたのよ」

アリストパネスは肩のあたりに緊張感をみなぎらせ、両手をポケットに突っ込んだ。「きみが通っていた学校に問題があったのかもしれない。学校の教育方針がきみに合わなかった、とか」

今度は彼女が困惑する番だった。「でも、ただ単にわたしの頭がよくなかったのかもしれないわ。どうしてそんなことにこだわるの？」

「きみはぼくの子供たちの母親だし、ぼくにとって知性は重要な問題だからだ。きみは自分で思っている以上に頭がいいのかもしれない」

「とんでもなく頭が悪い可能性もあるわよ」ネルは苦々しい思いとともに言った。こんな話はしなければよかった、と後悔に駆られた。

アリストパネスは彼女を凝視していたが、不意に部屋を横切って近づいてきた。「そんなことはない」彼はきっぱりと言った。「ぼくはいつも考えていたんだ。どうしてぼくはこんなにもきみが欲しいのか、と。ぼくの愛人たちは一人残らず知的な女性たちだった。だが、きみは大学教授でもなければ、科学者でもない。幼稚園で子供たちの相手をしている。しかし、きみは――」

「わたしに欲望を感じた理由が上手く説明できないから、わたしを賢い女に仕立て上げたい、ということ？」彼女はアリストパネスの言葉を遮った。怒りが込み上げてきた。「子供は大切なものだわ。わたしたちも、もうじき子供たちを育てるのよ。それなのに、どうしてわたしの仕事を見下すの？　わたしは未来の社会を生きる人間を――共感力と理解力を持ち、ひとの話に耳を傾け、他人と良好な関係が築ける人間を育てているのよ。天才的な頭脳が必要なわけじゃないけど、とても重要な仕事だわ」

　彼はしばらく無言だったが、やがて晴れやかな表情を見せた。「ほら、やっぱりそうだろう？　きみは自分の頭が悪いなんて思っていないんだ」

　ネルは頬がかっと熱くなるのを感じ、視線を逸らした。「大学教授や科学者に比べたら、保育士なんて大した仕事じゃない、とあなたは考えていたんでしょう？」

「そうだな。しかし、考えを改める必要があるのかもしれない」

「なぜ？　わたしの影響？」

「そのとおり」

「わたしのことなんてろくに知らないくせに、どうしてそんなことが言えるの？」

「ぼくはきみのことを理解するべきかもしれないな」アリストパネスは、面白いパズルでも見るような目で彼女を見た。「きみはぼくの子供たちの母親だ。理解するだけの価値はあるはずだ」

　いいえ、そんな価値はないわ、という声が彼女の頭の中で響いた。あなたは平凡な女よ。忘れたの？　これから先もずっとそうよ。

　叔父や叔母は、面と向かって彼女にそんなことは言わなかった。しかし、彼らの沈黙がすべてを語っていた。沈黙に直面するたびに、彼女は虚無感に襲われた。叔父たちがわたしに興味を示さないのは、何か理由があるはずだ、と考えたからだった。叔父や叔母は、彼女に〝宿題はすませたのか〟とか、〝学校の劇ではどんな役を演じるのか〟と質問したことは一度もなかった。彼女の誕生日を覚えようとせず、通知表を見せなさいとも言わなかった。

彼女は忘れられた存在だった。自分が面白みのない人間だからだ、と考えていた。特別なところがなく、他人の興味を刺激するところもない、と。それでもネルは自分の価値を証明しようとした。自分は強く、頭がよく、特別な存在なのだ、と思い込もうとした。だが、彼女自身もそれを心から信じてはいなかった。

ところが、アリストパネスと出会ったあの夜、すべてが変わった。彼はネルに完璧な一夜を与えてくれた。つかのま、彼女は信じることができたのだ。

自分は特別な存在なのだ、と。

「ひとつ教えてほしいの。あなたがわたしを理解したいと考えるのは、子供たちのためなの？　それとも、自分自身のため？」ほんとうに答えを知りたいのかどうかは、自分でもわからなかった。しかし、訊かずにはいられなかった。これが明らかにならないかぎり、心の平安は得られそうになかった。

「そこに違いがあるのか？」

「基本的に違いはないわね。でも、わたしにとっては重要な問題なのよ」

「自分には理解される価値はない、ときみは考えているんだな？」

ネルは目を逸らし、窓の外に視線を転じた。こんなふうに心を見透かされたくなかった。

アリストパネスは彼女の顎をそっとつかみ、顔を自分のほうに向けさせた。「ぼくの目を見るんだ。要するに、そこが問題だったんだな？」

「いままで誰もわたしに興味を示さなかったのよ。理解される価値が自分にあるだなんて、どうして信じることができるの?」彼女はほとんど喧嘩腰で言い返した。

アリストパネスは険しい表情を浮かべた。「ぼくはきみに興味がある。それはつまり、きみにはそれだけの価値があるということだ」

彼女の体に震えが走った。「でも、それはわたしがあなたの子供たちの母親だからでしょう? それ以外の理由なんてないはずよ」

「それは違う」ネルの顎を包む彼の指に力がこもった。「ぼくはきみのことが知りたいんだ。きみはパズルなんだ、ネル。そして、ぼくはパズルが好きだ。大好きなんだ」親指が彼女の顎を撫でる。ネルが反応を示すよりも早く、彼は身を屈め、彼女の唇を奪った。

強烈な欲望が全身に広がる。ネルは思わずくちづけに応えた。彼女も欲しかったのだ。キスが。アリストパネスが。

くちづけを交わしたあと、彼は背筋を伸ばした。「だめだ。これは禁じられていることだ」喘ぐようにささやき、抱擁を解くと、彼は後ずさりをした。「いまは体を休めるんだ。荷解きはハウスキーパーがやってくれる。夕食のときに、きみのことを何もかも話してくれ。いいね?」

8

アリストパネスは石造りのテラスの端から、オリーブの森と陰りを帯びはじめた海を眺めた。太陽は水平線に沈もうとしていた。空はオレンジとピンクと赤に染まり、夕暮れの微風が潮の匂いと針葉樹の香りを運んでくる。

　彼は振り返り、蔦の絡まるパーゴラの下のテーブルに目をやった。ハウスキーパーはすでに準備を整えていた。ネルのために、食事は夕暮れの景色を眺められる場所で摂ることにしたのだ。

　ネルの部屋で話をしたあと、アリストパネスはしばらく――いや、午後から夕方までずっと考えていた。彼女のことを。彼女の言葉を。彼女の少女時代を。彼女が自分自身をどう評価しているのかを。ネルは彼に〝熊〟などというふざけたあだ名を付けたかと思うと、保育士に対する彼の評価に異議を唱えた。自分の仕事がどれほど重要であるかを語るネルの瞳は、確信に満ちた輝きを放ち……。

　アリストパネスは、彼女の叔父と叔母に怒りを感じていた。彼らのせいでネルは、自分の価値を正しく評価できなくなったのだ。そのいっぽうで、彼は自分自身にも腹を立てていた。彼も同じようにネルを見下していたからだ。彼はネルの仕事に敬意を払わなかった。彼女に反論されるまで、保育士について何も知らなかったのだ。

　彼は知性にあふれた女性が好きだった。しかし、それはきわめて狭い意味での知性――論理性を重んじる、学術的な知性にすぎなかった。ネルはそういうタイプではないが、彼が知らないこと――つまり、考えたこともないこと、考えるだけで不安になること、にもかかわらず興味をそそられることを、いろいろと知っているような気がするのだ。

どうやらネルは、自分は他人に理解してもらうだけの価値のない人間だ、と思い込んでいるようだ。彼はその事実にショックを受けていた。なぜそんなことが気になるのかは、自分でもよくわからなかった。だが、どうしても気になるのだ。彼女がぼくの子供たちの母親だからかもしれない。彼女を決して動揺させては……。

いや、違う。それが理由じゃない。自分に正直になれ。ぼくがこの問題にこだわるのは、彼女が自分自身を低く評価しているからだ。そのせいで彼女は傷ついているんだ。

彼はネルに興味を引かれていた。彼女には理解するだけの価値があるのだ。

ネルは彼女を評価しないひとびとに育てられた。それでも、彼女は屈しなかった。家を出て、新しい街に移り、充実した人生を手に入れたのだ。アリストパネスは、彼女のそんな勇気や意志の固さを高く評価していた。

彼女をもっとよく知りたかった。だが、彼女のそばにいながらキス以上のことができないのは、試練としか言いようがない。やはりこのヴィラには来るべきではなかったのだ。ヘリコプターでアテネに引き返し、そこで夜を過ごすべきだった。そうすれば、誘惑と闘わずにすんだのだ。

しかし、彼はアテネに戻るつもりはなかった。何かネルが喜ぶようなことをしてやりたかった。彼女を幸福にしてやりたかった。だいいち彼がとんぼ返りでアテネに戻れば、ネルはきっと思うはずだ。自分は見捨てられたのだ、と。

こうしてアリストパネスは愛人とデートするときと同じように、入念に準備を整えた。だが、二人がベッドをともすることはないだろう。不本意だが、いまはそれで我慢するしかなかった。

　こんな状況は生まれて初めてだった。

　そのとき、ネルがリビングルームに姿を現した。両開きのガラス戸を抜け、テラスに足を踏み入れる。今夜は肌に張り付くワンピースではなく、ゆったりとした麻のカフタンを身にまとっていた。服は彼女の体の曲線を隠していたが、いっぽうの肩がほとんど剥き出しになるデザインだった。白い肌を目にしたとたん、ネルに触れたいという衝動が押し寄せてきた。

　アリストパネスは欲望をねじ伏せ、テーブルに近づき、彼女のために椅子を引いた。「座りたまえ」

　ネルはためらいを見せたが、やがて椅子に腰を下ろした。一瞬、彼女の甘い香りがアリストパネスを包んだ。たちまち全身が燃え上がる。彼女をベッドに導けないことはわかっていた。だからこそ、欲望がいっそう耐えがたく感じられた。

　アリストパネスは必死で気持ちを静め、テーブルの向かい側の自分の席に座った。ガラスのホルダーの中のキャンドルは、揺らめきながら金色の光を放っている。キャンドルの光を浴びたネルは美しかった。

「すてきね」キャンドルに、銀のナイフやフォークに、花器に差されたジャスミンの花に、彼女は視線を向けた。「あなたが準備してくれたの？」

「準備したのはハウスキーパーさ。だが、夕食をここで摂ることに決めたのはぼくだ。とはいえ、こんなものはただの舞台装置だ。ほんとうに美しいのはきみだよ」普段は決して言わない台詞が、ごく自然に口から出てきた。ネルは頬を赤らめた。

　彼は官能の喜びを知る男だった。しかし、いまここで彼は別の喜びを噛み締めていた。胸がときめき、口もとには笑みが浮かぶ。

　いままで、こんな満足感を味わったことがあっただろうか？　思い出せなかった。ひそかに飼いはじめた子猫が初めてミルクを飲んだときが、そうだったのかもしれない。あのとき彼は精神的な喜びをおぼえたのだ。

これは不思議な感覚だった。中毒性がありそうな気がした。

ネルの瞳はキャンドルの光を受け、金色の輝きを放っていた。「ひとつ決めたことがあるの、ベア。あなたがわたしのすべてを知りたいのなら、あなたのすべてもわたしに教えてほしいの」

筋の通った要求だ。だが、なぜかその要求にはあまり応えたくなかった。過去を隠すつもりはない。過去を恥じているわけでもない。しかし、彼女に話すのは不安だった。彼女の目が、澄んだ光を放っているからかもしれない。心まで読まれてしまいそうな気がした。

だが、彼は簡単に心を読まれるような男ではなかった。いつも考えを隠し、感情を抑えているのだ。数学と投資の世界に感情が介入する余地はない。彼が好きなのはそういうやり方だ。そんなふうに話を進めたかった。

とはいえ、ネルが自分の話をするのなら、彼も同じように話すべきだ、という理屈は正しい。ネルは彼の愛人ではない。彼の子供たちの母親だ。彼のバックグラウンドを説明しておくのは、悪いことではないだろう。そのあたりを話しておけば、彼が子供たちのために何を望み、何を望んでいないのかが理解してもらえるはずだ。子供たちには、少女時代のネルのような思いはさせたくなかった。彼女は虐待を受けたわけではないにしても、心に傷を負わされたのだ。

「いいだろう」アリストパネスは、赤ワインの脇に置かれた自家製レモネードの瓶を手に取った。「きみは何が知りたいんだ？」グラスをレモネードで満たし、自分のグラスにもワインを注いだ。

「里親に育てられた、とあなたは言っていたわよね」ネルはグラスを手に取り、レモネードを飲むと、歓喜の表情で彼を見た。「とっても美味しい！」

アリストパネスはまたしても満足感をおぼえた。彼女が喜ぶと、それだけでいい気持ちになる。胸に熱いものが込み上げてきた。平静を装おうとしたが、口もとに笑みが浮かんできた。「そのレモネードは、ハウスキーパーが庭のレモンから作ったものなんだ」焼きたてのパンの脇に置かれた鉢を身ぶりで示す。「オリーブオイルも自家製だ」

「すてきね」ネルはパンをちぎり、オリーブオイルに浸し、ひとくち食べた。「これも美味しいわ」

「ぼくのハウスキーパーは最高の料理人なんだ」

「たしかにそうね」彼女は両肘をテーブルに突き、身を乗り出した。「それじゃ、あなたの話を聞かせて、ベア」

またしてもベアだ。よほど気に入ったのだろう。ばかばかしいと思いながらも、彼はどこか愉快な気分になった。チェーザレは彼をアリと呼んでいた。彼にとって、それがもっともあだ名に近いものだった。

ベアか。それも悪くないな。

「ぼくはアテネで生まれた。父親の記憶はない。両親はぼくが生まれる前に離婚したからだ。母と過ごしたころの記憶もあまりないが、庭付きの大きな家のことは覚えている。母は優しく、ぼくを愛してくれた。不幸な目に遭ったこともまったくなかった。ところがある日の朝、母はぼくを教会に連れていき、ぼくをそこに置き去りにした」

ネルは身を硬くした。「置き去りにした、ってどういう意味？」

「礼拝が終わると、母はぼくに言ったんだ。〝ここに座っていて。すぐに戻るから〟だが、母は戻ってこなかった」

ネルは目を見開いた。「何ですって？　お母さんは二度と戻ってこなかったの？」

「ああ」彼はワイングラスを手に取り、背もたれに体を預けた。「ぼくは八歳だった。やがて教会の司祭がぼくのところに来て、なぜ信徒席にずっと座っているのか、と尋ねた。長い話を簡単にまとめると、司祭たちは母を捜したが、母はとうに行方を眩ましていたんだ。家は空っぽで、母の行き先を示す手掛かりもなかった。祖父母も親戚もいなかったから、ぼくは施設に預けられることになったのさ」

彼女の眉間にはしわが刻まれた。しかし、瞳に浮かぶのは哀れみの色ではなかった。「ひどすぎるわ。どうしてお母さんはあなたを置き去りにしたの？」

それは彼が長年自分に問いかけてきた質問であり、決して答えが見つからない質問でもあった。

アリストパネスは肩をすくめた。「それは大した問題じゃない。要するに、母は姿を消したんだ。それで、ぼくは里親に育てられることになった。同じ家で長く暮らしたことは一度もなかった。いつもたらい回しにされていたんだ。そしてある日、ぼくは思ったのさ。もうたくさんだ、と。ぼくは学校に通いながらアルバイトを始め、何とかお金を貯めることに成功した。投資にも手を出したところ、その分野の才能があることがわかった。こうしてぼくの事業は始まったんだ」

ネルは彼を凝視していた。アリストパネスは胸に温かいものが広がるのを感じた。彼女のまなざしは心地よかった。

「是が非でも過去の人生と決別するつもりだったのね」

「そのとおり。ぼくは少年時代を背後に投げ捨てて、成功を手に入れようとしたんだ。ぼくは数学が好きだった。数学から金が生み出せるという事実も気に入っていた。金というのは面白い概念だ。貨幣という実体があるように見えるが、実はその大半は観念の世界にしか存在しない。金を手に入れたり、失ったり、増やしたりということには、大した意味はないんだ。現実の話ではないから」

「あなたのその意見に賛成するひとは、あまり多くないと思うけど」

「そうだろうな。ぼくが話しているのは、概念としての金だ。金の本質は目で見えるものじゃない。しかし、金がもたらす効果は目に見える。ぼくはそれが好きなんだ。それをコントロールするのが好きなんだ。これはある意味、ゲームなのさ」

「でも、ほんとうに重要なのはお金ではないんでしょう？」

予想外の質問だった。アリストパネスは考えをめぐらせ、そして答えた。「そうだな。きみの言うとおりだ」

「それなら、あなたにとって重要なのは何？」

「自分の限界に挑戦することだ」

「なぜそれがあなたにとって大切なの？」

「投資の世界でなら、ぼくはたいていのことをコントロールできるからさ。ぼくは投資の達人だ。数字もぼくの命令に従う。逆らうこともたまにはあるが、その場合は力尽くで従わせる」

「コントロールすることが、あなたにとって価値があることなの？」

彼は椅子の上で座り直した。ぼんやりとした不安を感じはじめたからだった。「そうだな」

「そういうものかもしれないわね。あなたは子供のころ、自分の人生をほとんどコントロールできなかったんだから」

「昔のことはどうでもいい」彼は苛立ちとともに言った。「もう気にもしていない。ぼくに家族はいなかった。だが、そんなものは最初から必要なかったんだ。必要だったのは、生き延びるための頭脳だけだったのさ」

ネルの眉間のしわはさらに深くなった。「孤独だったのね」

「とにかく、ぼくは生き延びたんだ。きみの少女時代も幸福ではなかったようだが、それでもきみは生き延びたわけだろう？」

「そうね。あなたの気持ちはわかるわ。わたしも孤独だったから。誰もわたしに話しかけなかった。いつもより口数が少なかったり、顔色が悪かったり、嬉しそうだったりしても、誰もそのことに気づかなかった。だから、わたしは思っていたのよ。自分はこの世に存在しないのでは。いなくなっても誰も気づかないのでは、と」

鋭い痛みが彼の胸を刺した。いまだに癒えていない傷口に触れられたような気分だった。

そう、彼もそんな思いをしたのだ。遠い昔に。しかし、いまはもうそれを乗り越えた。彼はまぎれもなくこの世に存在している。誰もが彼を知っている。自分の力で名声を得たのだ。かりにいま痛みを感じたとしても、それは過去に切り捨てた心の切れ端の残響にすぎない。かつての煮えたぎる怒りも、すでに跡形もなく消えている。

最後にこんな痛みを感じたのは、十年以上前のことだった。この十年、彼はビジネスにすべてを捧げてきた。人生には目的が必要だ。彼にとってそれは金だった。だからこそ、彼はスケジュールにこだわってきた。彼の人生は一分一秒に至るまで効率的に使わねばならないのだ。

「そんなことはない。きみがいなくなって、誰も気づかないはずはない」

一瞬、彼女の瞳に苦しげな光が浮かんだような気がした。「誰が気づくというの？」

最初はジョークかと思った。だが、そうではなかった。ネルの顔には苦悩の表情があった。心から彼の答えを求めているのだ。

「ぼくさ。ぼくが気づく。きみがいなくなると、この世界はいまよりつまない場所になるからだ」

彼は本気で言っているんだわ、とネルは思った。体の中で、何か熱いものが輝きを放ちはじめたような気がした。アリストパネスの灰色の瞳は確信に満ちていた。

あたりの空気がまたしても張り詰めた。彼は欲望の表情を隠そうとすらしなかった。しかし、子供たちのことを考えると、体を重ねるわけにはいかない。

「そんな台詞は口にするべきじゃないわ」ネルは静かに言った。

「なぜだ？　ぼくにとってはまぎれもない真実だぞ」

「そうかしら？　あなたはわたしとベッドをともにすることはできないのよ。忘れたの？」

「きみと寝たいからあんな台詞を言った、ときみは思っているのか？」

ネルは、いまの自分がひどく無防備な状態にあることを痛感した。しかし、この会話を始めたのは彼女のほうだ。いまさら逃げ出すわけにはいかない。

「わからないわ」

彼の目に怒りの火花が散った。「ぼくは女性とベッドをともにするために、そらぞらしいお世辞を言ったりしない」

もちろん、彼がそんなことをするはずがない。そういうタイプの男性ではない。彼のすべての言葉には意図と目的がある。つねに本気でものを言っているのだ。つまり……。

彼のさっきの言葉も嘘じゃないんだわ。

ネルは動揺を抑えようとした。「ほんとうにそう思っているの？　わたしがいなくなると、この世界はいまよりつまない場所になる、と？」
「もちろん、ほんとうにそう思っている。きみは美人だ。ぼくはこれほど女性を欲しいと思ったことは一度もないんだ。きみは頑固で意志が強い。自分が信じるもののために闘い、ぼくを相手にまわしてもひるむことがなかった。きみもぼくの母親のようになるのでは、と不安に思ったこともある。だが、それは間違いだった。きみは自分の子供を捨てるような女性じゃない。むしろ、最高の母親になるはずだ。しかも、きみは自分で思っている以上に知的なんだ」

何かがネルの心の奥深くで揺れ動いた。彼女は男性の賛辞を必要とするタイプではなかった。しかし、いま彼女を賞賛しているのはアリストパネスだ。並みの男性ではないのだ。

〝最高の母親になるはずだ……〟

妊娠が判明して以来、ネルは何度も自問自答してきた。愛情の乏しい人生を送ってきた自分は、よき母親になれるのだろうか。子供たちに愛情を伝えることができるのだろうか、と。だが、深く考えないように努めてきた。それを始めたら、不安に押し潰されてしまいそうだったからだ。

「わたしは最高の母親になれる、とあなたは考えているの？」彼女は尋ねた。

「きみはひとに多くのものを与えられる女性だ。だから、すばらしい母親になれるはずだ」

ネルは頬に火照りを感じ、視線を逸らした。彼女は賞賛されることに慣れていなかった。何と応えていいのか、よくわからなかった。

「ありがとう。とても……心に響いたわ」

重苦しい静寂が垂れこめた。

ネルはこの島に着いて初めて気がついた。ニューヨークを発ってから、ずっと彼女を悩ませてきたのは、孤独と不安だということに。しかし、いまアリストパネスが彼女の心を軽くしてくれた。ネルをここに連れてきた彼のやり方は、たしかに強引だった。だが、彼は忙しい時間を割いてヴィラを案内してくれたし、夕食もともにしてくれた。彼女のために力を尽くしてくれたのだ。

もしかすると、彼も孤独だったのかもしれない。アリストパネスの少年時代は、彼女の少女時代と同じように寂しいものだったようだ。いや、彼のほうがつらい思いをしたのかもしれない。彼女は叔父、叔母、いとこのいる家で暮らしてきた。彼にはそんな環境すらなかった。まわりには誰もいなかったのだ。

アリストパネスはテーブルに両肘を突き、こちらを見ている。灰色の瞳から感情を読み取ることはできなかった。だが、そこには欲望が垣間見えた。彼女に対する欲望が。ネルは驚かなかった。最初からわかっていたことだ。しかし、いまのアリストパネスからは、欲望以外の何かが感じられた。性的な飢えとはまったく異なる、もっと深刻な飢えが。

彼は知性を重んじるいっぽうで、肉体的な快楽を享受していた。だが、心には飢えを抱えている……。彼はそれを自覚しているの？　自分でもわかっているの？

いいえ、彼はわかっていないわ。

彼の心が少し見えてきたような気がする。本人が気づいていないものが、ネルの目には映っているのだ。

このひとは孤独なのよ。どうしようもないくらい孤独なんだわ。

そう考えるだけで、胸が張り裂けそうになった。

「家族がいないのなら、他に親しいひとはいるの？　友だちとか、仕事仲間とか？」

「イタリアに一人友人がいる。ただ、最近はあまり会っていない。最近、彼には妻と子供ができたんだ。

仕事仲間はいないな。ぼくは一人で働くのが好きなんだ」

「つまり、誰もいないのね？」

「どういう意味だ？」

「話をする相手よ。いっしょに時間を過ごす誰か」

「愛人たちとは話をしている。夕食を食べながら会話を楽しむんだ」

ネルは胸に痛みをおぼえた。やはり彼には誰もいない。彼女の質問の意味すら理解できていないのだ。

「わたしが言っているのは、あなたを理解してくれるひとの話よ。あなたが信頼し、好意を持っているひとの話をしているの」

アリストパネスの顔がこわばった。「いや、そんな人間はいない。必要だとも思わない」

「誰もがそういう人間を必要としているはずよ」

彼はワインをぐっと飲み、乱暴にグラスを置いた。

「ぼくには必要ない」

「ほんとうにいないの？ 一人も？」

「ああ。母親に捨てられて、里親に育てられるようになったあと、誰もぼくに興味を示さなくなった。だが、むしろありがたかったよ。ぼくは一人のほうがしあわせなんだ」

断固とした口調だった。ネルだけでなく、自分自身をも納得させようとしているのかもしれない。

「学校で友だちはできなかったの？」

「学校は退屈だった。まわりには頭の悪い連中しかいなかったからだ。それに、向こうもぼくのことを嫌っていた」

彼女はアリストパネスをまじまじと見つめた。端整な顔を。鋼鉄のような光を放つ瞳を。

ネルには、叔父や叔母に注意を向けてもらえる子供になろう、と努力した時期があった。髪をブロンドに染めたり、ホッケーのチームに入ったりした。だが、何をやっても効果はなかった。何もかも無駄だったと気づいたのは、パースを離れたあとだった。かりにいとこたちのようになれたとしても、意味はなかったのだ。なぜなら、彼女は彼女だからだ。叔父たちにとってネルは、引き取らざるを得なかった子供にすぎなかった。その事実が変わることはなかったのだ。

しかしアリストパネスは、誰かのために自分を変えようとはしなかった。彼は彼自身であろうとした。決して他人に迎合しようとしなかったのだ。

だからこそ、彼は孤独になった。だが、孤立することによって傑出した人物になったのだ。

その点に関しては、彼女はアリストパネスを尊敬していた。

「つらい人生だったはずよ」

「そんなことはない。さっきも言ったが、ぼくはそのやり方で生き延びたんだ」

「生き延びることは生きることじゃないわ、ベア」

彼は顔をしかめた。「きみは何を言いたいんだ？」

「別に何か言いたいわけじゃないわ。ただ、あなたがそんなつらい少年時代を過ごしたことが悲しいのよ」

「ぼくは殴られなかったし、虐待もされなかった。夜露を凌（しの）ぐ場所もあったし、食べるものもあった。それ以上の何を期待しろと言うんだ？」

「あなたは愛されるべきだったのよ」気がつくと、彼女はそんな台詞を口にしていた。

アリストパネスは彼女を見返した。「愛か」苦々しげな口調だった。「母に捨てられたあとも、八歳のぼくが教会の信徒席に座りつづけていたのは、ぼくが母を愛していたからだ。ぼくに愛は必要ない。そんなものは、むしろないほうがいいんだ」

彼女は胸に痛みをおぼえた。幼いアリストパネスの姿を思い描くだけで、つらくなった。彼の中では愛することと見捨てられることは、分かちがたく結びついているのだ。誰に彼が責められるだろう？　誰も彼を愛さなかった。彼の主張は筋が通っていた。誰も彼を愛さなかった。愛されるに値する子供だったにもかかわらず。すべての子供は愛されるべきなのだ。彼女にとっては、愛の記憶は幸福な記憶だった。

「わたしにはそうとは思えない。それに、あなたの子供たちには、そんなつらい目に遭わせたくないわ」

「ぼくに子供は愛せない、と言いたいのか？」

「そうじゃないの。子供には愛が必要だ、と言っているだけよ」

「ぼくは子供たちを愛するはずさ。心配しないでくれ」

「わたしが心配しているのは、子供たちじゃなくてあなたなの」

「心配する必要はない。だが、この話は面白くないな。話題を変えよう。きみは自分の未来に対して、どんなプランを持っているんだ？　何か考えはあるのか？」

「自分の未来？　それは……ないわね。これと言ってないわ」

「ぼくはある。きみとぼくは結婚するべきだと思うんだ」

衝撃が体を走った。「何ですって？」

「理屈から考えると、ぼくたちは結婚するべきだ。子供たちには父親と母親が必要だ。だとしたら、ぼくたちも婚姻関係を結ぶべきじゃないのか？　ぼくと結婚すれば、きみは生活の安定と法の保護が得られるし、子供たちに家庭を与えることもできる」

ビジネス上の取り決めについて語るような、冷静な口調だった。彼にとって結婚とはそういうものなのだろう。

これがあなたの望んでいたものよ、ともう一人の彼女が頭の中で言った。あなたは家族が欲しかったはずだわ。

たしかにそうだった。しかし、彼女の望みは愛し合える男性とめぐり会うことだ。たまたま一夜の関係を結んだ男性――しかも、愛を否定するような男性と結婚する気にはなれなかった。

でも、彼の言っていることは正しいわ。またしてももう一人の彼女がささやく。彼と結婚すれば、あなたの生活は安定する。しかも、子供たちが生まれたあとは、情熱的な夜を……。

ネルは深く息を吸い込んだ。「あなたはどうなの？　この結婚によって、あなたは何が得られるというの？」

「夜の生活が楽しみになるような妻が得られる。それから、愛人とのデートのスケジュールを調整する必要もなくなる」

つまり、彼にとって重要なのはセックスとスケジュールなのだ。

でも、これは子供たちのためには最良の選択だわ。重要なのは子供たちよ。わたしじゃない。これ以上何を望むというの？

「少し……考えさせて」ネルはあやふやな口調で言った。頭は混乱していた。

「何を考えると言うんだ？　きみはぼくの姓と財産を手に入れるんだ。子供たちも不自由な思いはしないはずだ。ぼくたちは家族になるんだ」

家族……。

その言葉が頭の中でこだました。そう、彼女はそれを求めていた。家族が欲しかった。両親の死によって失われたものを取り戻したかった。愛によって結ばれた家族を。

胸に鋭い痛みが走った。

ネルは悲嘆とともに子供時代を過ごしてきた。両親だけでなく、愛も失ってしまったからだ。彼女は心に虚無を抱えていた。そしてそれは、叔父や叔母には決して埋めることのできないものだった。

彼にもこの虚無を埋めることはできないはずよ。愛を否定しているひとなんだから。

「それは、つまり……」彼女は息苦しさをおぼえ、言い淀んだ。「愛を必要としているのは子供たちだけじゃない、ということよ」意を決して、彼の目を見つめる。「わたしだって必要としているのよ」

アリストパネスの顔がこわばった。「きみが？」

「父と母はわたしを愛してくれたわ。両親が死んだとき、わたしは愛を失ったのよ。子供のころのわたしは父と母の死を嘆きながら生きていたわ。そして、わたしは心に誓ったの。いつかかならずもう一度愛を手に入れる。両親と同じようにわたしを愛してくれる男性を見つけ出す、と。そうね、だからそれが……わたしの求めていた未来なのよ、ベア。わたしは家族が欲しいの。自分以外の誰かを愛して、その誰かに愛されたいのよ」

「きみは欲しいものを手に入れられるはずだ。子供たちはきみを愛するはずだからな」

「子供というのは親を愛するために生きるんじゃなくて、自分自身のために生きるものだわ」

彼は難しい顔をしていた。彼女が何を言っているのか、まったく把握できていないようだった。「愛される理由がそんなに重要なのか？」

「もちろんよ」ネルは急に疲労をおぼえた。食欲もなくなった。「わたしが何の話をしているか、あなたは理解できていないようね。だとしたら、こんな話をしても無意味だわ」

「それなら、ぼくにわかるように説明してくれ」

だが、彼女のエネルギーはすでに尽きていた。アリストパネスに愛を求めても意味はないのだ。

「お断りよ」ネルはレモネードのグラスをテーブルに置いた。「もう疲れたわ。何の話をしているのか、まるで理解できないひとが相手だったせいね」

彼は険しい顔でネルを見た。「ネル、席を立たないでくれ」

彼女はアリストパネスの言葉を無視し、椅子を背後に押しやり、立ち上がった。「おやすみなさい、ミスター・カツァロス」

「ネル！」ネルがリビングへと続くガラス戸に近づくと、彼が声をあげた。「戻って説明してくれ！」

しかし、彼女は耳を貸さなかった。

ガラス戸を抜け、寝室に向かった。

9

アリストパネスは、アテネのオフィスでコンピュータの画面のスケジュールを凝視していた。その顔には不機嫌な表情が浮かんでいた。ネルに新しい環境に慣れてもらうために、充分な時間を割いたつもりでいた。午後と夕方を費やせば問題はない。そう信じていたのだ。しかし、昨夜の彼女との会話を考えると、自分の判断が正しかったのかどうか自信がなくなってきた。

昨夜、あんなふうに彼女が席を立ったことが、いまだに信じられなかった。彼は質問しただけなのだ。彼女の言う愛とは何なのか、と。ところが、それを尋ねたとたんにネルは……姿を消してしまった。彼は怒りを禁じ得なかった。ぼくが自分から説明に耳を傾けることが、どれほど珍しいことかわかっているのか？　だが、あのときネルは疲れたような顔で話を打ち切ったのだ。

受け入れがたいことだった。

しかし、ネルはほんとうに疲れていたんじゃないのか？　彼女は双子を妊娠しているんだ。忘れたのか？

ぼくはもう少し、理解ある態度を取るべきだったのかもしれない。いや、以前からそのために努力はしているのだ。彼女と子供たちの幸福に必要なものは、残らず与えるつもりでいた。だが、この愛とかいう代物は意味がわからない。

たいていの人間は愛ゆえに結婚する。しかし、例外もいる。一部の人間にとって、結婚とは法的な契約にすぎない。彼がネルに求めていたのは、そういう結婚だった。彼は自分たちの未来から、不安定な要因をできるだけ取り除きたかった。結婚さえすれば、彼女は法によって守られる。彼のプロポーズが合理的な判断にもとづくものだということは、ネルも理解してくれると信じていた。だが、彼女は理解してくれなかった。

悲惨な少女時代を過ごしただけに、彼女が愛を重要視するのは当然だ。問題は彼がネルを愛していない、ということだ。そもそも彼は、他人を愛せる自信がなかった。とりあえず子供たちは愛せるはずだ。その点については心配はない。問題はネルだ。

プロポーズにはイエスと答えてもらいたかった。彼女が結婚に応じてくれれば、話はぐっとシンプルになる。愛人たちのスケジュール調整に頭を悩ます必要もない。彼の妻になれば、ネルの人生も楽になるはずだ。働く気がないのなら、働かずに過ごすことだってできる。彼が幼稚園を設立し、ネルに経営をまかせるという手もある。可能性は無限だ。

しかし、彼女が結婚を拒否すれば、すべての可能性は消滅する。

胃が緊張に張り詰め、アリストパネスは思わず歯を食いしばった。

そんな展開を許すわけにはいかない。何としても彼女にイエスと答えさせるのだ。そのためには助言を仰ぐ必要がある。

彼はポケットから携帯電話を取り出し、チェーザレに電話をかけた。

「またかけてきたのか?」開口一番、チェーザレは言った。「驚きだな。人生観が変わったのか、アリ?」

「アドバイスが欲しいんだ」

「双子の件か?」

「違う。それに関しては何も問題はない」アリストパネスは、友人の楽しげな笑い声を無視して言った。

「問題はネルだ。彼女にプロポーズしたが……断られたんだ」

「なるほど。それは驚きだな。きみは世界でも指折りの大富豪だ。しかも、入れ歯もしていないし、髪の毛にも不自由していない。彼女はこれ以上何を望むというんだ?」

「知るものか。安定した未来を考えて、ぼくはネルにプロポーズをしたんだ。結婚すれば、彼女は妻としての地位が法的に保証される。これは論理的な選択のはずだ」

「論理的? 実にきみらしい台詞だな。だが、それがきみの求めているものなのか? きみは配偶者が欲しいのか?」

「もちろんだ。それ以外の理由でプロポーズするわけがないだろう?」

「きみは結婚には興味がないと思っていたんだが」

「ぼくは父親になるんだ、チェーザレ。きみがラークと結婚したのも、彼女がきみの子供を産んだからだろう？」

「そのとおり。だが、まっとうな夫や父親になるには、けっこう時間がかかったんだ」

「その点に関してはぼくは大丈夫だ。とにかく彼女には、プロポーズを受け入れてもらいたいんだ」

「ネルは拒否をした理由を説明してくれたのか？」

アリストパネスは奥歯を噛み締めた。背中に緊張が走る。「愛されたい、というのが彼女の望みなんだ」

チェーザレはため息をついた。「もちろん、そうだろうとも。つまり、きみは彼女を愛していないんだな？」

「ああ」

「だが、彼女は愛するに値しない悪魔の化身ではないんだろう？」

「あたりまえだ」彼は乱暴に言い返した。「ネルはぼくがいままで出会ったなかで、いちばん美しい女性なんだ。知的で、誠実で、意志が固くて、情熱的で、そのうえ――」

「わかった、わかったよ。それで、きみは間違いなく彼女を愛していないんだな？」

「そうだ」彼は苛立ちをおぼえた。「ぼくの話はどうでもいいだろう、チェーザレ」

「なるほど、そうかもしれないな。ともあれ、彼女は愛されることを望んでいる、と」

「そのとおり。子供たちは彼女を愛するはずだ、とぼくは言ったんだが、それでは不充分だったらしい。〝きみがどんな愛を望んでいるのか教えてくれ〟と尋ねても、彼女は説明してくれなかった」

「そうか。それは難しいな」

「うん。それで途方に暮れているんだ。何とか彼女の考えを変えさせて、結婚に持ち込みたい。だが、どうすればいいかわからないんだ」

「きみは天才だ、アリ。自分で考えてみればいいんじゃないのか？」

「考えたさ。ベッドをともにすれば、上手（うま）くいくはずなんだ。だが、子供たちが生まれるまでは、セックスは禁じられている」

チェーザレは長い沈黙のあとに言った。「二人で過ごす時間が必要だな。彼女が喜ぶようなことをしてあげたまえ。彼女を愛していなかったとしても、愛しているような態度は取るべきだ」

「きみはラークに対してそういう態度を取ったのか？」

「そうさ。ぼくは彼女や娘といっしょに時間を過ごした。二人を連れてイタリア各地をまわり、ぼくのお気に入りの名所を案内して、ジェラートを食べたりしたんだ。楽しかったよ。彼女も喜んでくれた」

チェーザレは幸福な記憶を思い返しているようだった。ネルを相手に同じようなことをするとしたら、何をすべきだろうか？　しかし、何も思い浮かばなかった。彼にはお気に入りの名所などなかった。ジェラートは嫌いだった。オフィスから別のオフィスへと飛びまわり、数字を自由自在に操り、顔を出さざるを得ないイベントにだけ顔を出す。それが彼の人生だった。チェーザレが薦めているのは、そういうものではないはずだ。

「彼女が何が好きなのか、ぼくにはわからないんだが」

「それなら、彼女から訊（き）き出してみたらどうだ？」

「こっちから提案して、彼女に従わせるという手もあるが」

「きみはいままで、相手の女性が望んでいないことを無理強いしたことがあるのか？　男としての誇りがあるのなら、そんなことはやるべきじゃない。だいいち、そんなやり方では彼女をしあわせにできないぞ」

「きみはアドバイスをする気があるのか？　それと

も、時間を浪費したいだけなのか？」

「電話をしてきたのは、きみのほうなんだぞ。忘れたのか？　それに、きみは女性経験が豊富なはずだ」

「さっきも言ったが、ぼくたちはセックスを禁じられて――」

「ぼくはセックスの話をしているんじゃないんだ。いいか、女性は方程式じゃない。ネルは概念じゃない。人間なんだ。質問して訊き出すんだ。彼女が何が好きなのか。どんなことに興味があるのか。彼女の話に耳を傾けろ。いいか、アリ。誰かのために時間を使うこと――状況によっては、それこそが最良の贈り物になるんだ」

時間。貴重な資源。それは彼にも理解できた。だが、彼女はぼくの時間を望んでいるのか？　以前、彼女にスケジュールの話をした。それがいかに重要であるかを。ぼくがネルのために時間を費やしたとして、彼女はその意味を理解してくれるだろうか？

いや、彼女が理解しようがしまいが、そんなことはどうでもいい。とにかく彼女のためにやるんだ。

通話を終えたあとも、アリストパネスの頭はフル回転を続けていた。彼は考えをめぐらせた。ネルについて。彼女の少女時代について。彼女の叔父と叔母について。彼女が自分の価値を低く見積もるようになった理由について。

ネルは彼と同じように、愛のない子供時代を生き延びた。しかし、〝生き延びることは生きることじゃない〟と彼女は言っていた。彼にはその意味が理解できなかった。それでも、ネルがかつて――両親が死ぬ前は、愛のある人生を送っていたことは理解できる。彼女にとって愛は価値のあるものなのだ。だからこそ、愛を失ったことを嘆いているのだろう。

自分にとって愛とは何だったのだろうか？　それは彼にもよくわからなかった。ぼんやりと記憶に残っているものもある。母の抱擁、くちづけ、そして微笑み。だが、それらすべては、そのあとの出来事で価値を失った。潮が引くようにひとびとが消えていく教会で、彼はひたすら待ちつづけた。しかし、時間の経過とともにもわかってきた。母が決して戻らないことが。暗い穴が胸中で口を開けた。彼はその中に真っ逆さまに落ちていった。彼は置き去りにされたのだ。一人ぼっちで、母親に愛されることもないまま――

アリストパネスは記憶を強引に振り払った。この件はぼくの過去とは関係がない。問題はネルだ。ぼくは彼女を愛していない。だが、それに近い感覚を味わわせることなら、できるかもしれない。幼いころに失われたものを彼女に与えるんだ。心配りと思いやりと敬意を。

そう考えたとたん、気分が盛り上がってきた。彼は困難な問題を解決するのが好きだった。すでにいくつかのアイデアが頭に浮かんでいた。コンピュータの画面に身を乗り出すと、マウスを操作し、翌週のスケジュールを残らず削除した。

そして、新しいプランを考えはじめた。

ネルはプールサイドの椅子に座り、ヴィラの書庫から持ち出した本に意識を集中させようとした。しかし、上手くいかなかった。みじめだった。昨日の夜は、ぐっすり眠れば気分も晴れると思っていた。だが、結局眠れなかった。夕食のテーブルにアリストパネスを残し、寝室に引きこもったあと、彼女はベッドに横になった。眠れないまま、プロポーズの件についてひたすら考えた。

あんなふうに彼を置き去りにするべきではなかった。テーブルに留まり、自分が何を望んでいるのか説明するべきだった。どう見ても彼は理解できていなかったし、それは彼の落ち度ではないはずだ。

アリストパネスは過酷な少年時代を過ごしたのだ。母親に捨てられ、里親から里親へとたらい回しにされ、誰とも親密な人間関係を築くことができなかった。その結果、自分の殻に閉じこもり、持ち前の優秀な頭脳だけを頼りに生きるようになったのだ。

孤独なひと。愛を知らないひと。数学と投資に関しては天才かもしれないが、人間の感情については何もわかっていない。

昨日の夜は多くのことが起こりすぎた。もはや自分がここにいる理由が理解できなかった。彼は子供たちのためにあらゆる支援をしてくれた。だが、彼女の気持ちはほとんど考えてくれないのだ。

どうしてわたしは、彼に心を奪われてしまったのだろう？　いまとなってはそれがわからなかった。

ネルは厳しいギリシアの日射しを遮るため、帽子を深くかぶり直すと、本のページを凝視した。しかし、活字がぼやけて目に入らない。

彼女はセックスで理性を失っていたのだ。問題はそこだ。彼の愛撫にとことん酔いしれ、ベッドを出ても同じ陶酔が味わえるのでは、と思い込んでしまったのだ。だが、ベッドの外に喜びはなかった。セックスが禁じられたとたん、二人の関係はぎこちなく、緊張に満ちたものに変わった。どうすれば関係を改善できるのかもわからかなった。

でも、メルボルンのあの夜、あなたは彼に手を差し伸べた、ともう一人の彼女がささやく。ニューヨークで流産の恐怖に直面したときもそうだった。彼はあなたの手を握ってくれた。しっかりと握りしめてくれたのよ。

そう、それは否定できなかった。トラブルに直面するたびに、彼女は心の奥底にある何か――言葉では言い表せない本能的な何かに導かれて、アリストパネスに手を差し伸べてしまうのだ。

なぜそうなるのかは、自分でもわからなかった。

言葉とはコミュニケーションのための手段だ。ところが、彼女とアリストパネスが理解し合おうとすると、言葉はかえって邪魔になる。むしろベッドの中のほうがわかり合える。だが、結婚とはセックスだけで成立するものではない。

ネルは大きく息を吐き出した。読書をあきらめ、日射しにきらめくプールの水に目をやる。

彼と結婚することが、そんなにまずいことなの？ 結婚すればしっかり面倒を見てもらえるし、子供たちの安全も保証される。仕事がしたいと言えば、彼は反対しないはずよ。

そう、そのとおりなのだ。何もかも魅力的だ。子供たちは彼女を愛するはずだ、というアリストパネスの言葉も正しい。何があろうと、彼女には子供たちがいる。しかし、生まれてくる双子に心理的なプレッシャーはかけたくなかった。子供たちは、愛が欲しいという彼女の欲望を満たすために生まれてくるわけではない。子供たちの人生は、子供たち自身のものなのだ。

それでも彼女は、結婚それ自体を目的とする結婚がしたかった。法的に有利だからとか、妊娠したからとか、そういう理由で結ばれたくなかった。彼女は子供のころに失った家庭を取り戻したかった。両親のような結婚生活を手に入れたかった。父と母はネルが幼いころに死んだため、二人の関係がどんなものだったのかはわからない。だが、母が父にキスをしたり、父が母を抱擁したりする場面は記憶に残っていた。両親は幸福だったのだ。

両親と同じような結婚生活を望むのは、間違ったことなのだろうか？

「ネル」

深みの声が彼女の思考を断ち切った。驚いて顔を上げると、両開きのガラス戸の向こうからアリストパネスが姿を現した。プールサイドを大股で歩き、こちらに近づいてくる。

彼は椅子の前で足を止めた。背後から日射しを浴びるそのたくましい姿は、ギリシア神話の神のように見えた。

「どうして戻ってきたの？　今週はずっとアテネにいるんじゃなかったの？」

「その予定だった」瞳の銀色の輝きを見るだけで、彼女の胸の鼓動は激しさを増した。「だが、スケジュールを変更することにしたんだ。ロンドンのパーティに出席することになっているんだが、そこにきみも連れていこうと思うんだ。まずローマを――親友のチェーザレの家を訪ねて、そのあとにロンドンに行くこともできる。きみにその気があるなら、少し名所を見てまわってもいい」

ネルは衝撃に打たれた。わたしを同行させるつもりなの？　しかも、友だちに紹介する？「あなたといっしょに行く、ということ？　でも、わたしはここに留まって、安静にしていなくちゃいけないはずよ」

「だからといって、ずっとベッドに横たわっている必要はない。むしろ、適度に体を動かしたほうがいいんだ。医者もロンドンまで同行する。実を言うと……ロンドンのパーティにはあまり行きたくなかったんだ。この手の社交的な催しは好きじゃない。だが、今回はどうしても顔を出さなくちゃならないんだ。それで……きみを連れていこうと思ったのさ」

「でも……どうして？　なぜわたしを連れていこうと思ったの？」

「きみが美人で、人あしらいがぼくより上手いからだ。きみがぼくのそばにいれば、誰もがきみのドレスやジュエリーや笑顔に心を奪われるはずだ。ぼくは全世界に公表したいんだ。このすばらしい女性はぼくだけのものだ、ということを」

賞賛の言葉に彼女の頬はかっと熱くなり、憧れの思いが心臓を鷲づかみにした。華麗なドレスに身を包み、彼の腕に抱かれ、ロンドンの盛大なパーティで注目を集め……。

「わたしはあなたのものなの？」

「そうさ」彼がためらうことなく答える。ネルは腹を立てるべきだった。なぜなら、彼女は誰のものでもないからだ。しかし、怒りはわき上がってこなかった。それどころか、体に安堵感が広がった。「メディアの取材もあるから、誰もが憶測をめぐらせるだろう。きみは何者なのか、と。そしてぼくは、きみはぼくのものだということを、全世界に公表するんだ。ただし、明らかにするのはきみのことだけだ。双子のことは秘密だ。それは暴露されないように手を打っておく」

「それで、わたしは……どういう立場なの？　あなたの恋人？」

「きみの望みは何だ？　ぼくのフィアンセということにしておきたいが、きみがそれに納得しないことはわかっている」

「わかっているの？」彼女はアリストパネスの顔をまじまじと見た。「ほんとうにそれがわかっているの？」

「きみは愛されることを望んでいる。きみが納得しない理由はわかっているつもりさ。きみが求めているのは、両親を亡くしたときに失われたもの――叔父や叔母には与えられなかったものだ。正直に言おう。それはぼくにも与えることはできない。母親に捨てられたとき、ぼくの中で何かが壊れ、二度ともとに戻らなかったんだと思う」

「ベア、わたしは――」

「最後まで言わせてくれ。ぼくは望むものをきみに与えることはできない。それでも、与えられているかのような気持ちにさせることはできる。きみはそれで幸福になれるはずだ」真剣そのものの表情を見ているうちに、ネルは息苦しさをおぼえた。この世には彼女以外の人間など一人も存在しないかのような顔で、アリストパネスはこちらを凝視しているのだ。

彼女の胸に痛みが走った。たしかに彼の心は壊れているのかもしれない。アリストパネスは、自分以外の人間と関係性を築く力が欠けているような気がする。

しかし、アリストパネスはいま、本気で彼女を誘っているのだ。それは目を見ればわかる。これは彼にとって重要なことなのだ。アリストパネスにとって彼女は価値のある存在なのだろう。

心に傷を負った男性とは関わりを持ちたくない、とネルは考えていた。だが、彼女はすでに深みにはまっていた。彼の孤独をまのあたりにしてしまったのだ。彼女もまた孤独だった。その痛みを知っていた。

ネルは不意に気づいた。わたしはもう、彼から離れられないんだわ。それはこの島を出られないからではない。経済的な支援が得られなくなるからでもない。アリストパネスから離れられないのだ。

もしかすると、彼の心は壊れていないのかもしれない。傷を負っているだけなのかもしれない。壊れた心を復元することはできないが、傷ついた心を癒やすことはできる。怪我をした園児なら、頭にキスしたり、絆創膏を貼ればいい。だが、これはそれほど簡単なことではない。それでも、挑戦してみる価値はあるはずだ。

愛されているような気分になれるだけで充分、という彼の主張も正しいのかもしれない。幸福になるためには、愛情がほんものである必要はないのかもしれない。ロンドンまで遊びに行けるのだ。彼といっしょに出かけよう。失うものなど何もないのだから。

ネルは椅子から立ち上がった。二人のあいだを隔てる距離は十センチほどしかない。アリストパネスはいい匂いがした。

「ネル」銀色の瞳の中で炎が燃え上がった。「そんなに近づかないでくれ。きみはビキニにしか身につけていないんだぞ」

「でも、わたしはドレス姿であなたの腕に抱かれるのよ。おたがい、いまのうちに慣れておいたほうがいいわ。そうでしょう?」

アリストパネスは微笑んだ。それを目にした瞬間、彼女の呼吸は止まり、心臓は跳ね上がった。

「きみの荷物をスーツケースに詰めるように、使用人に言っておく。今夜、ローマに行こう。予定表は飛行機の中で見せるよ」

10

アリストパネスはローマのチェーザレの屋敷のテラスに座り、チェーザレの娘のマヤを見ていた。マヤはロングテーブルの端にラークと並んで腰を下ろすネルに、駆け寄ろうとしていた。アリストパネスと彼女は、ロンドンに向かう途中にチェーザレの屋敷に立ち寄り、二泊したところだった。チェーザレも彼の妻と娘も、ネルが気に入っているようだ。その事実に彼のプライドは大いにくすぐられた。

幼いマヤが身を乗り出し、自分の描いた絵をネルに見せる。ネルはマヤの体に腕をまわし、絵についていくつか質問し、少女の説明に一心に耳を傾けた。

ネルを見ていると、彼女が子供たちに慕われる理由がわかるような気がしてきた。彼女はマヤに全神経を集中させ、辛抱強く話を聞いているのだ。

　チェーザレが話を続けていたが、彼の耳には何も入ってこなかった。いまの彼はネルを見ることしかできなかった。頭の中では、双子と向き合うネルの姿を思い描いていた。双子が描いた絵の感想を話すネル。子供たちと遊ぶネル。彼らを抱き上げるネル。アリストパネスは胸に痛みをおぼえた。

　そのとき、ネルがこちらに視線を向けてきた。彼女はアリストパネスに微笑(ほほえ)みかけると、少女の耳もとで何ごとかささやいた。マヤは絵を手にすると、走って彼のもとに来た。少女はためらうことなく彼の膝の上に乗り、絵を見るように求めた。

　ネルは両手で頬杖(ほおづえ)を突き、こちらを見ている。楽しげな表情を目にしたとたん、呼吸が止まりかけた。そして、彼は奇妙な感覚に襲われた。彼女が何を考えているのかが、わかったような気がしたのだ。ネルも彼と同じことを――双子のことを考えていたのだ。

　胸が熱くなった。彼が微笑むと、ネルも笑みでそれに応える。一瞬、二人のあいだに完璧な相互理解が成立したような気がした。

　おまえに何が理解できるんだ？　皮肉な声が頭の中で響く。おまえは愛が何であるかすら、わからないのだろう？

　しかし、彼はその声を無視した。マヤと彼女の絵だけに神経を集中させた。

　完璧な理解が成立したという感覚は、そのあとも消えることがなかった。一週間後、アリストパネスとネルを乗せたリムジンは、教会を改装したイベントスペースの前で止まった。ここが慈善団体の資金集めを目的とした今夜のパーティの会場だった。すでに野次馬(やじうま)が集まり、エントランスの周囲にはパパラッチが陣取っていた。

リムジンを降り、会場に入るのが楽しみだ、と思ったのは生まれて初めてだった。

ネルが彼の太腿に手を置いた。かたわらの彼女に視線を向ける。

ああ、何て美しいんだ。

ロンドンの住居には、試着できるように事前に複数のドレスを用意しておいた。どれを着てもネルは魅力的だったが、最終的に彼女が選んだのはダークレッドのドレスだった。ボディスが胸を優しく包み、流れ落ちるスカートが腹部のふくらみを上手く隠していた。

髪はアップにしていたが、ゆるくカールしたひとふさが首筋にこぼれ落ち、毛先が胸のふくらみに触れている。きらめくルビーのネックレスは、今夜のために彼が買い与えたものだった。

ネルは美しかった。たまらなく官能的だった。

「あなたはこういうパーティのたぐいがあまり好きじゃないのね？　でも、どうして？」

「時間の無駄だからさ。世間話など無意味だ」

彼女は微笑んだ。「あなたはパーティでは、さぞや人気者なんでしょうね」

ネルの笑顔を見ていると、まともに考えることすらできなかった。頭に浮かぶのは、彼女の瞳が愛らしいことと、唇が魅惑的なことと、肌がシルクのように滑らかなことだけだった。

その刹那、彼は悟った。ぼくはもう彼女を手放せないんだ。ギリシアに戻ったあとも、双子が生まれたあとも。永遠にネルを手放せないんだ。

いまこの場で彼女に告げたかった。きみは二度とぼくのもとを去ってはならない。そんなことは絶対に許さない、と。だが、彼は出かかった言葉をのみ込んだ。いまはだめだ。パーティが終わったあとだ。二人きりになったら、指輪を受け取るように彼女を説得するんだ。

ネルが妊娠している以上、どのみち会場に長居はできない。医師はパーティへの参加は許可したものの、二時間以内に切り上げるように、と釘を刺していたのだ。しかも、二時間のあいだに何度か座って休憩を取らねばならなかった。

　運転手がリムジンのドアを開けると、先に車外に出たアリストパネスが降りる彼女に手を貸した。パパラッチのカメラがつぎつぎとフラッシュを焚く。

　ネルは彼の手を握りしめたまま、周囲に微笑みかけた。パパラッチは写真を撮りつづけている。彼らはネルの正体を知りたがっているようだった。

「わたしが何者なのか、はっきり知らせたほうがいいのかしら？」エントランスに続く階段を上りながら、彼女は尋ねた。

「みんなに知ってもらいたいのか？　それとも、謎の女を演じてみるかい？」ネルはいたずらっぽい笑みを見せた。

「謎の女がいいわ」彼女のまなざしを浴びたとたん、欲望の炎が燃え上がった。出産までの数カ月、はたして彼女に手を触れずにいられるのだろうか？

　ネルに手を出せないのは拷問に等しかったが、今夜のパーティは彼の人生で最良のものとなった。だが、それは会場とも期日とも関係がなかった。何もかもネルのおかげだった。

　会場に足を踏み入れると、彼女は瞳を輝かせてセレブ、政治家、王族などに視線を向けた。

　やがて彼女は、他の招待客を相手にごく自然におしゃべりを始めた。

　ネルと招待客の話を聞いているうちに、アリストパネスはこのパーティが、子供支援専門の慈善団体が主催したものであることに初めて気がついた。団体の幹部たちを紹介すると、ネルは彼らを相手に児童福祉に関する議論を始めた。

　アリストパネスは、子供たちにとって何が必要で、何が重要かという話を進める彼女を黙って見つめていた。

彼は当惑をおぼえた。どうして彼女が、自分は知性に乏しい、と思い込んでいたのかが理解できなかった。保育士という仕事を見下していた自分が恥ずかしくなった。彼女と出会っていなければ、こうしたことに気づくこともなかったはずだ。

彼女なしで、この先生きていけるかどうかも自信がなかった。

だから、ネルを手放してはならないんだ。もう一人の彼がささやく。彼女をどこにも行かせてはならない。だが、おまえはわかっているはずだ。いつか彼女が姿を消すかもしれない、ということを。おまえの母親が、結局はおまえを見捨てたように……。

全身が凍りつき、指先の感触がなくなった。違う、そんなことはない。ネルはぼくを見捨てたりしない。ありえない。ぼくは彼女の子供たちの父親だ。彼女はぼくのもとに留まらねばならない。家に戻っても助けが得られないからだ。それに、ぼくといるほうが幸福なはずだ。

彼女が出ていくはずがない。そもそも、ぼくはそんなことを許すつもりはない。しあわせであれば、彼女がぼくの前から姿を消すことはないんだ。

しかし、何度自分にそう言い聞かせても、凍てつくような思いは消えなかった。

そのとき、腕時計のアラームが鳴った。ネルが座って休憩を入れる時間だった。アリストパネスは彼女の腕を取り、他の招待客に断りを入れると、会場の隅の信徒席に彼女を導いた。

「なかなか面倒ね」ネルは腰を下ろしながら言った。「せっかく会話を楽しんでいたのに」

「気持ちはわかるが、おしゃべりは子供が生まれたあとでもできる」彼女と手をつないだまま、となりに座る。「そろそろ帰ろう。きみは休んだほうがいい」

「わたしは平気よ」ネルは彼の手を握りしめた。「あなたはどうなの？」

「今夜のパーティはそんなに苦痛じゃなかったな。今後この手の退屈なイベントに招待されたら、きみがかならず付いてきてくれ」

彼女は微笑んだ。「もちろんよ。すてきなドレスと豪華なネックレスを買ってくれるのなら、わたしはどこにでも行くわ」

そんなふうにネルにからかわれていると、人生がそれほど重苦しいものではないように思えてきた。何か愉快で軽快なものに感じられるのだ。

幸福。幸福になりたい、と彼女は言っていた。これがそうなのだろうか？　全身がシャンパンで満たされたような、この胸躍る感覚。すべてがふくれ上がり、弾け、またふくれ上がる。この一瞬を手もとに留めておきたかった。琥珀の中に封じ込めてしまいたかった。ネルの瞳にはぬくもりと喜びがあふれていた。唇には美しい笑みが浮かんでいた。

だが、おまえの母親も笑顔を見せていたぞ。またしても声がした。忘れたのか？　おまえを置き去りにする直前も微笑んでいたはずだ。

「行かないでくれ、ネル」唐突にアリストパネスは言った。氷のような何かが彼の喉を締め上げていた。「きみにはどこにも行ってほしくないんだ」

彼女の瞳に驚きの色が浮かんだ。「どういう意味？」

「ぼくを置き去りにしないでくれ」彼はネルの手をしっかりと握りしめた。手を放した瞬間に溺死する、と言わんばかりに。「絶対にだめだ。そんなことは許さない」

ネルが彼を凝視する。その顔からは笑みも高揚も消えていた。

おまえはこんなふうに、彼女の喜びをだいなしにするんだ。もう一人の彼が嘲る。誰に対してもそうだったんだ。母親がおまえを置き去りにしたのも当然だ。おまえには、ひとをつなぎ止める何かが本質的に欠けているんだ。

　心臓の鼓動は葬送曲を奏でていた。

「ベア？」彼女は不安の面持ちで尋ねた。「何があったの？　どうしてそんなことを言うの？」

　ぼくのせいで彼女の微笑みは消えた。顔も真っ青になった。ぼくはネルを引き止めるために島に閉じ込めた。だが、そのせいで彼女は息が詰まりそうになったんだ。

　ぼくは彼女が何よりも望むものを、彼女自身から遠ざけた。

　愛を。

　別の思いが不意に頭をよぎり、苦痛がナイフのように胸を刺した。

　子供たち。彼の息子と娘。子供が生まれれば、自動的に愛情がわきあがる、と彼は信じていた。だが、もしそうならなかったら？　チェーザレは娘を愛している。しかし、彼は妻も愛しているのだ。もし上手くいかなかったら？　自分の子供たちを愛せなかったら？　彼はチェーザレの屋敷で過ごしたときのことを思い出した。ネルと目が合った瞬間、彼は確信したのだ。彼女とぼくは手を携えて家庭を築くのだ、と。だが……彼にその力がなかったとしたら？　ネルを愛せない男に、子供たちを愛することができるのか？

　ネルは空いたほうの手で彼の頬に触れた。「ベア？」

　アリストパネスは握っていた彼女の手を放し、頬にあてがわれたもういっぽうの手を彼女の膝の上に置いた。

「きみが正しかった。最初からきみが正しかったんだ」

「正しかった？　どういう意味？　何があったの、アリストパネス？　わたし、何だか怖いわ」

「きみは愛されるべき女性だ、ネル。家庭を築き、幸福になるべき女性だ。ぼくには与えられないものを手に入れる資格がある女性なんだ」

ネルは平手打ちでも食らったように、目を大きく見開いた。「あなたは何を言っているの？」

「ぼくにはきみが望む愛は与えられない」

「わかっているわ。以前あなたはわたしに――」

「永遠に与えられないんだ」アリストパネスは彼女の言葉を遮った。「ぼくには何かが欠けているんだ……心の中の何かが。重要な何かが」

「あなたは何も欠けていないわ。心に傷を負っているだけよ」

彼は首を左右に振った。「違う。これは傷じゃないんだ、ネル。ぼくは最初からこうだった。きっとそうなんだ。そうでなければ、母はぼくを捨てたりしなかったはずだ」

「でも、それは――」

「ぼくはきみを愛せない。愛し方を知らないからだ。自分の子供たちを愛せるかどうかすらわからない。子供を愛せない父親になるリスクは冒せない――冒したくないんだ」彼は深く息を吸った。何をなすべきかはわかっていた。それ以外にネルを救う方法はない。「きみはぼくを捨てるべきだ。ぼくのもとを離れるんだ。二度と戻ってはならない」

氷のような戦慄を全身に感じながら、ネルは彼の瞳を見つめた。

彼の口調は確信に満ちていた。自分の言葉を心から信じているのだ。自分には何かが欠けている。心の中の何かが壊れている、と。ギリシアでその話を聞かされたとき、ネルは胸に痛みをおぼえた。しかし、いま彼女が味わっている痛みは、その比ではなかった。この世にこれほどの苦痛があるとは、思ってもみなかった。

「あなたは間違っているわ」ネルの声はこわばっていた。「お母さんが姿を消した理由は、わたしにもわからない。でも、自分の子供にそんなまねをする母親は最悪の母親よ。八歳の子供だったあなたに、何か問題があったはずがないわ」

「ぼくを育てた里親はすべて――」

「あなたは心に傷を負ったのよ」彼女はアリストパネスの手をもう一度握りしめた。「母親に捨てられ、赤の他人のあいだをたらい回しにされた。あちらからこちらへと移動させられ、誰もあなたと親密な関係を結ぼうとしなかった。でも、それは心の傷よ、ベア。傷ついただけであって、壊れてしまったわけじゃない」

彼はネルの手を振りほどいた。「教会に置き去りにされた時点では、ぼくはまだ壊れていなかった」彼は荒々しい口調で言った。「何も問題はなかった。少なくとも、昔はそう信じていた。だが、論理的に考えればそれは逆だ。置き去りにされた時点で、ぼくはもう壊れていたんだ」

アリストパネスに手ではなく、心臓をつかまれたような気分だった。心臓が疼いた。痛みが走った。

「そんなふうに考えるべきじゃないわ」ネルは死に物狂いで言葉を継いだ。「理由なんて誰にもわからないはずよ。つまり――」

「だめだ。ぼくには無理だ。そんなリスクは冒せない。ぼくの心の中の暗い何かが、是が非でもきみと子供たちを手に入れようとしている。きみを引き止めるためなら、どんなことでもするつもりでいる。だが、ぼくはそんなまねはしたくない。もしぼくがその暗い力に屈したら、きみは永遠にしあわせになれないんだ」

ネルは動揺を抑えようとした。彼の目に浮かぶ絶望を見ただけで、胸が張り裂けそうだった。「何とか乗り越えようとは思わないの？」

「無理だ。それに、失敗したらどうするんだ？　上手くことが運ばなかったら？　子供たちが生まれても、ぼくが何も感じなかったら？　そのとき、子供たちはどうなるんだ？　きみはどうなる？　子供に対する愛情は自動的に生まれるものだ、とぼくは思っていたが、そうではないのかもしれない。世の中には子供を愛さない親だっているんだ。ぼくの母はぼくを愛さなかった。そうだろう？　愛していたなら、ぼくを置き去りにしなかったはずだ」

ネルは幼い少年を教会に残して姿を消した女性に、思いきり平手打ちを食らわせたくなった。その女性のせいでアリストパネスは、里親の家から別の里親の家へとたらい回しにされたのだ。誰からも望まれない贈り物のように。こんな少年時代を送ったのでは、自分に何か欠陥があると考えたとしても不思議はなかった。

アリストパネスが哀れでならなかった。

黒いタキシードに身を包んだアリストパネスは、たまらなく美しかった。服は仕立てがよく、彼の肩幅の広さとウエストの細さを、黒髪と銀色の瞳を、強烈な存在感を引き立たせていた。

彼はネルの手を握り、ずっとそばにいてくれた。つねに彼女を見つめていた。彼女以外の人間はいっさい目に入らない、と言わんばかりに。パーティの会場には数多くのセレブや名士がいたが、アリストパネスは彼女だけに注意を向けていたのだ。

彼は目も眩むほど美しいドレスと豪華絢爛たるネックレスを買ってくれた。だが、かりにそういったものがなかったとしても、ネルの心には二人が初めて出会ったときの記憶が焼きついていた。美しく、特別な出来事。彼女を酔わせるのは、ドレスでもなければネックレスでもなかった。彼女を見つめる、きらめく銀色の瞳だった。そこには情熱と欲望がひそんでいた。

アリストパネスは、彼女のためにスケジュールを空けてくれた。それが彼にとってどれほど大きな意味を持つかはわかっていた。彼はチェーザレとその妻と娘をネルに紹介してくれた。彼女はマヤがアリストパネスの膝によじ登り、彼の鼻先で絵を振りまわしたときのことを思い出した。あのとき、厳(いか)めしい彼の顔がやわらいだのだ。それから彼はネルに視線を転じ、笑顔を見せた。その瞬間、彼女の心の目は見たのだ。双子とともにいる彼の姿を。辛抱強く、愛情深い父親の姿を。

アリストパネスは、一日刻みで予定が記された旅程表を渡してくれた。いかにも彼らしい几帳面(きちょうめん)さだった。しかし、旅程表のあちこちには、〝ネルが決める〟とだけ書かれた空白があった。それを見て彼女は歓喜に包まれた。

彼は努力している。彼女を知ろうとしている。愛されたい、という彼女の言葉の意味を理解しようとしているのだ。その気持ちが嬉(うれ)しかった。

いまでも愛は欲しかった。だが、そのいっぽうで彼女は別の事実を理解しはじめていた。愛してもらえるなら相手は誰でもいいわけではない、ということを。

ネルの望みは、アリストパネスにしあわせにしてもらうことだった。なぜなら、彼以外の男性ではしあわせになれないからだ。

ネルは彼に愛されたかった。相手が彼でなければ、愛されても意味がないからだった。

欲しいのは彼だけだった。

わたしは彼を愛しているんだわ。

もしかすると、メルボルンの路上でまぶたを開けた瞬間から――アリストパネスに手を握られ、そのぬくもりを肌に感じた瞬間から、彼女は彼を愛していたのかもしれない。

彼は傲慢で腹立たしく、どんなときも自分の流儀をつらぬく男性だった。しかし、優しく誠実な一面もあった。

アリストパネスは壊れてなどいない。心に傷を負っているだけだ。つらい思いを避けるために、感情を箱に入れてしまったのだ。そうやって生きていくうちに、自分には感情がないと思い込んでしまったのだろう。だが、彼には感情がある。それはいままさに箱から逃げ出そうとしている。ところが、彼はその感情にどう対処していいのかわからないのだ。

ネルの目に涙があふれた。それはアリストパネスのための涙であり、教会に置き去りにされた幼い少年のための涙でもあった。少年はやがて大人になり、心に鎧をまとうようになった。だが、それでも彼は優しさを失わなかった。絆を求めつづけた。彼がそれを切望していることは、目を見るだけで理解できた。彼の腕に抱かれたときも感じ取ることができた。彼の心には愛がある。しかし、彼はそれに触れることができなかった。そこに愛があることすら理解していないのだ。

「お母さんにひどい仕打ちを受けたからといって、それであなたの人間性が決まるわけじゃない。あなたは単なる投資の天才以上の存在だわ。親切で優しくて思いやりがある。よき父親になるための条件がすべて揃っているわ。わたしはあなたを捨てたりしない。それどころか、いま決心が付いた。わたしはあなたと結婚するわ」

彼の表情が輝いた。だが、輝きはすぐに消えた。「だめだ。結婚はできない。ぼくはきみの求めているものが与えられないんだ。忘れたのか?」

「でも、もしわたしがそれを求めないとしたら?」

ネルはまばたきを繰り返し、涙をこらえた。「わたしがあなたを愛していれば、それで充分だとした消えてくれ」

「ベア、お願い――」

「消えてくれ」静かだが、力のこもった声だった。

ネルは体を震わせながら、ゆっくりと立ち上がり、愛する男性を見下ろした。つぎの瞬間、怒りが込み上げてきた。「わかったわ。わたしがあなたを捨てた、というかたちを取りたいのね。あなたはわたしを悪役に仕立て上げたいんだわ。あなたのお母さんと同等の存在だと思い込みたいのよ。留まってほしいと懇願するより、消えろと命令するほうが簡単だわ。そうでしょう?」

「きみは悪役じゃない。消えてほしい、と言ったのはぼくのほうだ。そのほうがきみにとっても、子供たちにとっても望ましいことだ。ぼくたち全員にとって、それがよりよい結末なんだ」

「でも、あなたはわたしに選択権を与えてくれなかった。あなたが一人で勝手に決めてしまったんだから?」

「ぼくを愛している?」アリストパネスは彼女を見つめ、茫然とした表情で尋ねた。

否定すべき理由はなかった。否定したくもなかった。「ええ、そうよ。メルボルンの歩道でまぶたを開けた瞬間から、わたしはあなたを愛していたんだと思う」

「ネル――」

「もう充分だわ。これ以上話し合っても無駄よ」彼女は手を差し伸べた。「とにかく挑戦してみましょう」

彼は身を硬くした。彼女の手を取ろうとしなかった。瞳から感情を読み取ることはできない。しかし、突如としてすべてが変わった。目に影が差し、表情が険しくなった。

「だめだ。不可能なことに挑んでも意味はない。ぼくには無理なんだ」彼は顔をそむけた。「頼むからわ」

アリストパネスは彼女を見上げた。彼の瞳の色は鉄を思わせるくすんだ灰色だった。「とにかく、これでぼくがきみの夫にふさわしくない理由がわかったはずだ」

「これはよりよい結末なんかじゃないわ。あなたがいない未来は、わたしにとっても子供たちにとっても、望ましいものじゃない」

「いや、それは違う」

「あなたは世間では天才だと言われているようだけど」世界がゆっくりと砕け散るのを感じながら、ネルはささやくように言った。「ほんとうのあなたは、救いようのない愚か者だわ」

彼女は踵(きびす)を返し、信徒席に座り込むアリストパネスをあとに残し、教会を出ていった。

11

飲酒が有意義な行為だと思ったことは、ただの一度もなかった。しかし、アリストパネスはロンドンの家に戻ると、とりあえず酒を飲もうと考えた。胸の痛みをやわらげるためなら、どんなことでも試すつもりでいた。痛みは時間の経過とともに、いっそう耐えがたいものになりつつあった。

これでよかったんだ、と彼は思った。ぼくはネルに別れを告げた。それは人生でもっともつらい選択だった。けれど、何とかやり遂げた。ぼくは方程式から自分の存在を消し去った。これでネルは誰にも邪魔されることなく、彼女にふさわしい人生を送ることができるんだ。

子供たちのことは、これから考えるしかない。ぼくがいないほうが子供たちもしあわせだろう。

家にはネルの姿はなかった。使用人の話によると、ホテルに部屋を取ったらしい。

ホテルに行くのはぼくのほうだったな、とアリストパネスは思った。やはりぼくはろくな夫にはなれないんだ。

彼は書斎に閉じこもると、ウイスキーのボトルを相手に実験を開始した。グラス何杯分飲めば、胸の痛みを消すことができるのか？

やがて夜が明けたが、あいかわらず答えは不明だった。痛みはまるで消えない。二本目のボトルを用意しようとしたとき、書斎のドアが開き、チェーザレが姿を現した。

「何をしにここに来たんだ？」アリストパネスはひじ掛け椅子にだらしなく座り込んだまま、不機嫌な視線を友人に向けた。

「きみは周囲のひとびとに心配をかけているようだな」チェーザレはデスクの反対側の椅子に腰を下ろした。

「ぼくは酒を飲んでいるんだ。邪魔しないでくれ」

「双子が生まれるんじゃなかったのか？」

「あの子たちは、ぼくがいないほうがしあわせなんだ」

「誰がそう決めた？」

「ぼくだ」

「つまり、きみは子供たちの人生を勝手に決めたということか。これぞ理想の父親だな」

「ぼくを笑いに来たのか？」

「いまのきみは、笑われても仕方がないざまだぞ。もうじき双子が生まれるというのに、書斎に閉じこもって酒を飲み、ティーンエイジャーみたいに落ち込んでいるんだからな。きみの可愛いネルはひどく取り乱しているんだ。このまま放っておいていいはずがない」

きみの可愛いネル。美しく、すばらしいネル。凄まじい痛みが胸に走った。「ぼくは彼女を解放したんだ」

「何から解放したというんだ？」

「ぼくと暮らす苦しみからさ。きみには理解できないだろうが」

「ああ、理解できないとも。ぼくは自分に娘がいることをある日突然知らされて、途方に暮れた男だからな。しかも、その後すばらしい妻と娘に恵まれて、幸福な人生を送っている男だ。きみの言うことなどひとつも理解できない」

「きみとぼくでは立場が違う。きみは愛することを知っているが――」

「どんな人間も愛することを知っている。そもそも、きみはもう彼女を愛しているはずだ。その事実を受け入れるか、いつものように不機嫌な顔をしているのか。好きなほうを選ぶんだな。愛人たちのスケジュール管理に頭を悩ませるのか、父親として子供たちのことを考えながらスケジュールを組むのか」

「ぼくは彼女を愛していない」

「それなら、なぜ酒を飲んでいる？　どうして彼女を追い払ったんだ？　いまにも殴りかかりそうな顔でぼくを睨んでいるのはなぜだ？」

「きみが腹の立つ男だからだ」

「ぼくがラークのことで悩んでいるとき、きみが何と言ったか覚えているか？」

「覚えていない」

「きみはこう言ったんだ。〝きみには愛らしい娘と美しい妻がいる。それを捨てて逃げるのはただの腰抜けだぞ〟」

「いや、状況が違う――」

「違わないさ。きみのアドバイスは正しかったんだ。ぼくは勇気を出して闘った。だから、きみもそうするべきなんだ。自分はひとを愛することができない、ときみは言っていたな。だが、それはただの言い訳にすぎない。きみは愛することができる。しかし、それを恐れているんだ。愛とは無防備な心をさらすことだ。苦しむことだ。自分はほんとうに相手にふさわしいのかと悩み、いちかばちかで体当たりしてみることだ。愛とはそれだけの価値があるものなんだ」

アリストパネスの胸の中で痛みが渦を巻いた。チエーザレの言うことが正しいのか？　この痛みこそが愛なのか？　だからこそ、人生が急に味気ない、殺伐としたものに変わってしまったのか？

いや、答えは最初からわかっていたはずだ。

〝きみはそれを恐れているんだ〟

ぼくは壊れている、とぼくはネルに告げた。ひとを愛することができない、と。それが真実なら、どうしてぼくはこんなに苦しんでいるんだ？

〝留(とど)まってほしいと懇願するより、消えろと命令するほうが簡単だわ〟

姿を消してしまう前にネルはそう言っていた。そうだ、ぼくは彼女に消えてくれと頼んだんだ。彼女は留まろうとしていたのに。ネルはぼくを愛していたんだ。

この痛みは愛なのか？　胸に巣くう恐怖も愛なのか？　疑いや怒りさえも愛なのか？

「なぜだ？　なぜこんなものに価値があるんだ？」

「それはコインの片側なんだ、アリ。このコインにはもうひとつの顔がある。それは、この世には何があっても味方してくれる誰かがいるということ、人生をよりよいものにしてくれる誰かがいるということ、幸福をもたらしてくれる誰かがいるということだ。価値があるとは思わないか？」

アリストパネスの体は凍りついた。いままで見えなかった何かが、ようやく見えてきたのだ。

ネルは彼の人生をよりよいものにしてくれた。彼を幸福にしてくれた。人生が急に味気ない、殺伐としたものに変わったのは、彼女が姿を消したからだ。彼がネルを追い出したからなのだ。

彼女の前ではぼくはいつも言い訳ばかり並べていた。ぼくは怖かったんだ。母親のせいで、自分は彼女にふさわしい男になれないのでは、という恐怖に駆られていたんだ。ぼくは彼女を愛している。初めて会ったときから愛していたんだ。

それなのに、ぼくは彼女を傷つけてしまった。

〝あなたがいない未来は、わたしにとっても子供たちにとっても、望ましいものじゃない〟

昨夜、ネルはそう言っていた。彼女の目には涙が浮かんでいた。彼女はぼくを愛してくれた。心が壊れていると言っても、望むものを与えることはできないと告げても。それでもぼくを愛してくれた。コインの裏側がどれほど悲惨であろうとも、ぼくのそばにいたいと言ってくれたんだ。

彼女は愛を選んだ。

ぼくの美しいネル。ぼくよりもはるかに勇敢なネル。彼女の言うとおりだ。ぼくは愚か者なんだ。

痛み、疑い、傷つけられるリスク。愛には好ましくない要素がついてまわる。それでも、愛することには意味があった。愛には悦楽と絆があるのだ。

彼はそれをネルの腕の中で見つけた。彼女が微笑むだけでしあわせで満たされたのだ。

彼女はアリストパネスの人生をよりよいものにしてくれた。愛に価値がないはずがないのだ。

彼はタンブラーを床に置いた。全身に力がみなぎってきた。

「きみに電話したのはネルなのか？　きみは彼女に頼まれてここに来たのか？」

「きみのようすを確かめるように、彼女に頼まれたんだ。彼女は心配していたぞ」

「ネルはぼくを愛しているんだ。愛していると言ってくれたのに、ぼくは彼女を追い払ってしまったんだ」

「彼女はすばらしい女性だ」

「そうだ。たしかにそうなんだ。きみの言うとおりだ。ぼくは彼女を心から愛しているんだ」

「そうだろうとも」チェーザレはにやりと笑った。「今度はきみがぼくと同じことをする番だ。妻にふさわしい夫になり、子供たちが求める父親になるのさ。もし失敗したら、何度でも何度でも何度でも再挑戦するんだ」

「なぜなら、ネルはぼくにとって大切な存在だからだ。彼女なしでは生きられないからだ」

そう、そのとおりだった。恐怖に従ってはならない。ネルは勇敢に、力強く恐怖と闘った。彼と対立したときも正面からぶつかってきた。彼の知能指数がどれだけ高かろうとも、より賢明なのはネルのほうなのだ。彼女は洞察力に満ち、勇気にあふれ、誠実で、心優しかった。

アリストパネスは、ふらつきながら立ち上がった。チェーザレも腰を上げ、肩に手を置いて彼を支えた。だが、チェーザレはすぐに顔をしかめた。「いいか、アリ。彼女に会いに行く前に、シャワーくらいは浴びておけ」

ネルはホテルのベッドの端に腰を下ろし、手の中の旅程表を見つめていた。今日は〝ネルが決める〟日だった。その記述を目にしたとたん、涙があふれてきた。

しかし、今日は何も決められそうになかった。今後のことを思い悩むだけで、一日が終わりそうな気がした。彼は自分から連絡してくるだろうか？もう一度顔を合わせる機会はあるのだろうか？子供たちはいったいどうなるのだろう？

頭の中は答えのない疑問でいっぱいだった。消えてくれ、と彼に言われたので、ネルは消えることにした。彼の家にはいられなかったので、ホテルに部屋を取ることにした。

これからどうしていいのか、まったくわからなかった。

ネルは不意に怒りの発作に駆られ、旅程表をくしゃくしゃにして丸め、壁に叩(たた)きつけた。

どうして彼はこんなまねを？　子供を捨てるだなんてひどすぎる。彼に捨てられたせいで、わたしは外国のホテルで泣いているのよ。

わたしの心を奪っておきながら、消えてくれだなんて勝手すぎる。

涙があふれ出したため、両手で顔を覆った。このあとはシャワーを浴び、服を着替え、食事をしよう。未来のことはそれから考える。だが、その前に手放しで泣いてしまいそうだった。

そのとき、ドアにノックの音がした。

ネルはティッシュを手に取り、急いで涙を拭き、ドアに向かった。

またしてもドアを叩く音。先ほどよりも強く、いらだたしげなノックだった。

「わかってるわ。いま開けるから」彼女は疲れ果てた声でつぶやき、ドアを開けた。

ドアの向こうにいたのはアリストパネスだった。黒髪は乱れ、ネクタイは締めておらず、シャツはしわだらけだ。顎には無精髭(ひげ)が生えている。ひどいありさまだったが、それでも目も眩(くら)むほど魅力的だった。

彼女は激しい怒りに駆られた。「いったい何しに来たの？　消えてくれ、と言ったのはあなたなのよ」

「ああ、そうだ」彼の瞳は銀色の光を放ち、口調は荒々しかった。「だが、ぼくは間違っていたんだ」

「あなたはいったい何を――」

「中に入れてくれ。頼む、ネル」

　聞き入れるつもりはなかった。しかし、気がつくと彼女は後ずさりしていた。アリストパネスが足を前に踏み出すと、彼女もさらに後方に移動し、やがてドアが勝手に閉まった。彼はこれが数年ぶりの再会であるかのような顔で、ネルを見つめた。

「ぼくが間違っていた。きみを追い払うべきじゃなかったんだ。正しかったのはきみのほうだ。たしかに、留まってほしいと懇願するより、消えろと命令するほうが簡単だ。ぼくは……怖かったんだ。きみを引き止めるだけの価値が、自分にあるのどうか。それが不安だったんだ。ネル、ぼくは傲慢な男だ。他人の感情も理解できない。ぼくはひどい夫になるだろう。せめてひどい父親にならないように、神に祈るつもりだ。夫や父親としての自分を想像するだけで恐ろしくなるよ。だが、きみにふさわしい男になれないのでは、という恐怖は捨てることができたんだ」

　アリストパネスは自分の髪に指を走らせた。

「きみはすばらしい女性だ。あらゆる点でぼくより優れている。きみは賢明で、勇敢で、誠実だ。しかし……ぼくも努力してみるつもりだ。きみにふさわしい男になりたいんだ。ぼくはきみを愛している。だが、自分の愛情をどうしたらいいのか、いまだによくわからない……。唯一わかっていることは、きみがいないと生きていけない、ということだ」

　ネルの頬を涙が伝った。怒りは跡形もなく消え、それによって生じた空白には何か熱いものが――歓喜のような何かが押し寄せてきた。

　彼はわたしを愛しているんだわ。たしかに彼の瞳には、炎のように燃えさかる愛が見えた。

「わたしにふさわしい男性になる必要なんてないわ、ベア。あなたはあなたらしくあればいいの。傲慢で頑固で面倒なひとで構わないわ」

　彼は足をさらに一歩前に踏み出した。そして、もう一歩。気がついたときには、彼女はアリストパネスの腕の中にいた。しっかりと抱き寄せられていた。彼のぬくもりが、エネルギーが、ネルの中に流れ込んでくる。体の中で固くわだかまっていた何かが不意にほぐれた。彼女はアリストパネスのシャツの胸に顔をうずめた。

「きみを愛しているんだ、ネル。きみがいないとぼくは生きていけない。ぼくを置いていかないでくれ。二度と姿を消さないでくれ」

「もうどこにも行かない。二度と姿を消したりしないわ」

　彼は身を屈め、ネルにキスをした。長いキスだった。やがて彼女はアリストパネスの胸を両手で押し、声をあげて笑った。「服が濡れてるわよ」

「チェーザレに言われたんだ。きみに会う前にシャワーを浴びろ、と。気が急いていたから、ろくに体を拭かなかったんだ」

「ばかなひとね、ベア。このあだ名は嫌いだったのかしら？」

「そんなことはないさ」彼はもう一度キスをすると、ネルを見下ろした。「きみがぼくの子供たちの母親になったのは偶然の産物だ。だが、もしきみが自分の意思でぼくの花嫁になってくれるのなら、これ以上嬉しいことはないんだが」

　彼女の心は喜びで満たされた。

「いいわよ、ベア」ネルは微笑んだ。「喜んであなたの花嫁になるわ」

エピローグ

「双子というのは、実にもってすばらしいものだな」チェーザレはうんざりしたような顔で言った。五人の子供たちが遊びまわっているせいで、アリストパネスのヴィラのプールはひどいありさまだった。

　金切り声が響いたかと思うと、プールに飛び込む音と怒りに満ちた叫びが聞こえた。

「いまのはあなたの息子よ」プールサイドの椅子で本を読んでいたラークが言った。

　チェーザレが天を仰ぎ、息子を制止するために椅子から立ち上がった。アリストパネスは笑いをこらえながら、プラトンとヒュパティアに視線を向け、二人がトラブルの種を蒔(ま)いていないことを確認した。

　彼はプールサイドの椅子に座ったまま、チェーザレとラークの子供たちが遊ぶさまを眺めた。

　チェーザレたちは三人の子供を連れて、一週間の予定でヴィラに滞在していた。おかげでヴィラは混乱と大騒ぎと笑い声と幸福に包まれていた。

　これに優(まさ)るしあわせはあるのだろうか、とアリストパネスは思った。最近は人生そのものが楽しかった。いまではもうスケジュールに縛られることもない。自分にとって何が重要なのかはわかっていた。それは妻と子供たちだ。子供が大きくなるまでは、仕事は部下にまかせることにしていた。その判断を後悔したことはなかった。

　双子が生まれたあと、ネルはかつてパーティに出席した慈善団体の仕事に関わるようになった。彼女は団体の活動に何が重要であるかを、正しく理解していた。

　ネルのことを考えているうちに、アリストパネスは不審の念に駆られた。彼女はどこにいるのだろう？　ヴィラの中に入ったきり、プールに戻ってきていないのだ。

「ネルが何をしているか確かめてくる」彼はラークに言った。「悪いけど、ぼくの子供たちを見ていて――」

「もちろんよ。チェーザレ！　しばらくプラトンとヒュパティアのようすも見ていてちょうだい！」

アリストパネスがリビングに足を踏み入れると、ネルが廊下から姿を現した。彼女は白いワンピースをまとい、髪を解(ほど)いていた。彼は欲望がたぎるのを感じた。

彼の妻は美しく、魅力的だった。

腕を差し伸べると、ネルは彼の手を握りしめた。

「どこに行っていたんだ？」

彼女は夫を見上げた。瞳はきらめきを放っていた。

「あなたに話したいことがあるの」

「何だい？」

「双子の名前がプラトンとヒュパティアだから、三人目も哲学者の名前でいいかしら？　それとも、一家族に哲学者三人は多すぎる？」

彼の心臓は跳ね上がった。「ネル……」

「女の子だったら、テオドラはどうかしら。男の子なら、アリストテレスとか――」

だが、ネルは最後まで話すことができなかった。アリストパネスが彼女を抱き寄せ、貪るようにキスをしてきたからだった。

どうやら彼は間違っていたようだ。

彼の人生には、さらに幸福になる余地が残されていたのだ。

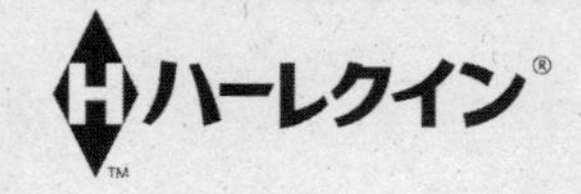

アリストパネスは誰も愛さない
2025年2月5日発行

著　者	ジャッキー・アシェンデン
訳　者	中野　恵（なかの　けい）
発 行 人	鈴木幸辰
発 行 所	株式会社ハーパーコリンズ・ジャパン 東京都千代田区大手町 1-5-1 電話 04-2951-2000（注文） 0570-008091（読者サービス係）
印刷・製本	大日本印刷株式会社 東京都新宿区市谷加賀町 1-1-1

ISBN978-4-596-72112-9 C0297

◆◆◆◆ ハーレクイン・シリーズ 2月5日刊 発売中

ハーレクイン・ロマンス

愛の激しさを知る

タイトル	著者／訳者	番号
アリストパネスは誰も愛さない 〈億万長者と運命の花嫁Ⅱ〉	ジャッキー・アシェンデン／中野　恵 訳	R-3941
雪の夜のダイヤモンドベビー 〈エーゲ海の富豪兄弟Ⅱ〉	リン・グレアム／久保奈緒実 訳	R-3942
靴のないシンデレラ 《伝説の名作選》	ジェニー・ルーカス／萩原ちさと 訳	R-3943
ギリシア富豪は仮面の花婿 《伝説の名作選》	シャロン・ケンドリック／山口西夏 訳	R-3944

ハーレクイン・イマージュ

ピュアな思いに満たされる

タイトル	著者／訳者	番号
遅れてきた愛の天使	ＪＣ・ハロウェイ／加納亜依 訳	I-2837
都会の迷い子 《至福の名作選》	リンゼイ・アームストロング／宮崎　彩 訳	I-2838

ハーレクイン・マスターピース

世界に愛された作家たち
～永久不滅の銘作コレクション～

タイトル	著者／訳者	番号
水仙の家 《キャロル・モーティマー・コレクション》	キャロル・モーティマー／加藤しをり 訳	MP-111

ハーレクイン・ヒストリカル・スペシャル

華やかなりし時代へ誘う

タイトル	著者／訳者	番号
夢の公爵と最初で最後の舞踏会	ソフィア・ウィリアムズ／琴葉かいら 訳	PHS-344
伯爵と別人の花嫁	エリザベス・ロールズ／永幡みちこ 訳	PHS-345

ハーレクイン・プレゼンツ作家シリーズ別冊

魅惑のテーマが光る
極上セレクション

新コレクション、開幕！

タイトル	著者／訳者	番号
赤毛のアデレイド 《ハーレクイン・ロマンス・タイムマシン》	ベティ・ニールズ／小林節子 訳	PB-402

※予告なく発売日・刊行タイトルが変更になる場合がございます。ご了承ください。

2月13日発売 ハーレクイン・シリーズ 2月20日刊

ハーレクイン・ロマンス
愛の激しさを知る

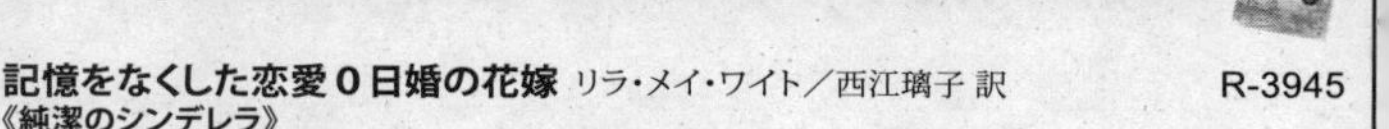

記憶をなくした恋愛０日婚の花嫁 《純潔のシンデレラ》	リラ・メイ・ワイト／西江璃子 訳	R-3945
すり替わった富豪と秘密の子 《純潔のシンデレラ》	ミリー・アダムズ／柚野木　菫 訳	R-3946
狂おしき再会 《伝説の名作選》	ペニー・ジョーダン／高木晶子 訳	R-3947
生け贄の花嫁 《伝説の名作選》	スザンナ・カー／柴田礼子 訳	R-3948

ハーレクイン・イマージュ
ピュアな思いに満たされる

小さな命を隠した花嫁	クリスティン・リマー／川合りりこ 訳	I-2839
恋は雨のち晴 《至福の名作選》	キャサリン・ジョージ／小谷正子 訳	I-2840

ハーレクイン・マスターピース
世界に愛された作家たち
～永久不滅の銘作コレクション～

雨が連れてきた恋人 《ベティ・ニールズ・コレクション》	ベティ・ニールズ／深山　咲 訳	MP-112

ハーレクイン・プレゼンツ作家シリーズ別冊
魅惑のテーマが光る
極上セレクション

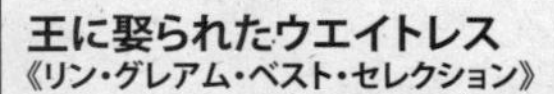

王に娶られたウエイトレス 《リン・グレアム・ベスト・セレクション》	リン・グレアム／相原ひろみ 訳	PB-403

ハーレクイン・スペシャル・アンソロジー
小さな愛のドラマを花束にして…

溺れるほど愛は深く 《スター作家傑作選》	シャロン・サラ 他／葉月悦子 他 訳	HPA-67

文庫サイズ作品のご案内

◆ハーレクイン文庫……………毎月1日刊行
◆ハーレクインSP文庫…………毎月15日刊行
◆mirabooks………………………毎月15日刊行

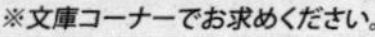

※文庫コーナーでお求めください。